文春文庫

赤目四十八瀧心中未遂

車谷長吉

文藝春秋

赤目四十八瀧心中未遂

一

数年前、地下鉄神楽坂《かぐらざか》駅の伝言板に、白墨の字で「平川君は浅田君といっしょに、吉田拓郎の愛の讃歌をうたったので、部活は中止です。平川君は死んだ。」と書いてあった。

十数年前のある夜、阪神電車西元町駅の伝言板に、「暁子は九時半まで、あなたを待ちました。むごい。」と書いてあった。

いずれも私には関係のない出来事であるが、併《しか》しこれらの白墨の文字霊は、ある生々しい思い出として私の記憶に残っている。書かずにはいられない、呪《のろ》いにも似た悲しみに、じかに触れたということだったのだろうか。

私は二十代の終りに東京で身を持ち崩し、無一物になった。以後九年間、その日暮らしの、流失の生活に日を経た。行く所も帰る所も失い、すさんだ気持で深夜の西元町駅のベンチに坐っていたのも、その九年の間のことである。正月過ぎの冷たい風が凍った晩だった。そういう駅のベンチ以外には、も早居場所を失った身のすさびが、当時の私には、あるいは一つの救いだったのかも知れない。会社勤めを辞めても独り立ちして生きて行ける女もいれば、そうではない男もいる。私もそういう愚図《ぐず》の一人だった。

併し昭和五十八年夏、私はふたたび無一物で東京へ帰り、会社勤めをするようになった。親切な人のはからいでそうなったのである。追い詰められて窮乏のドン突きにあった私は、それをありがたいと思った。が、会社員《サラリーマン》くずれの自分が、また会社勤めをするようになったこと、そのことには私《ひそ》かに失望を覚えた。

その年の夏は酷暑だった。小石川指《さす》ヶ谷《や》町の奥に、がらんとしたアパートを借りたものの、部屋の隅に下着その他を包んだ風呂敷荷物が一つあるだけで、さて明日からは会社へ出なければならないのであるが、それに必要な背広・靴を調《ととの》える金はなかった。九年間、世を失い、下駄履きで生きていたのだ。私にとっては十一年ぶりの会社勤めであった。すでに私は三十八歳になっていた。それまで女に思いを寄せたことはあっても、妻子《つまこ》を得る喜びを、あるいは恐ろしさを味わったことはなく、さればそういう孤独の身であったればこそ、世を捨てて生きることも出来たのであるが、併し野垂死することもならず、ふたたび東京へ戻って来たのである。金に詰まれば、会社勤めであろうと何であろうと、なりふり構わずするのである。

部屋の中は、じりじりする暑さだった。すでに私は己れが冷え物であることを骨の髄で思い知らされていた。も早、自分に何も期待していなかった。が、それは口が裂けても言えないことだった。帰途を失い、人のそしり蔑《さげす》みを受け、併しそれでよいと蟹の横歩きをしていた筈の男が、臆面もなくうまい話に乗って、背広・靴を身に着けて生きる生活へまた戻って来たのである。この事態は、己れを恥じるということを知らない、突ッ転ばしの所業に相違なかった。アパートの板の間に両手を突いていると、小さな蜘蛛《くも》が手の甲へ這い上がり、ゆっくり横断して行った。

併しその時分はまだ全身の細胞に勢いがあった。時に陰惨な孤独が骨身に沁みることはあっても、まだそれを怺《こら》える力があった。併し四十三歳の後厄《あとやく》の年の春、血尿と悪寒を押して会社へ出ているうちに、過労から仕事先で倒れ、肝臓疾患で五十日余の病院生活をした。さらにそれから二年後の今日、こんどは虚血性心疾患の発作に見舞われ、医者から与えられる薬なしには、も早日を送ることは出来ない身になった。

恐らくはこのまま平癒することはなく、やがては新聞記事によくあるごとく「一人暮らし老人の死、白骨死体で発見される。」というような末路を生きることになるだろう。併し、それはそれでよいのである。と思うのは、さかしらな頭の決心であって、私に心の決心がないことは、いい話に乗って東京へ戻って来た、という一事だけからも明らかである。いざとなれば相当にちょっと、じたばたするに相違ない。二年前、医者が白いカーテンの向うに小声を押し殺して「お話したいことがあります、すぐにあの方の奥さんを呼んで下さい。」と言っているのが聞こえた時、私の心に起こった迷いを今に忘れない。私を病院へ運んでくれた人が「あの人には奥さんなどいないんですよ。」と言うていた。

そのように、東京へ戻ってからのこの七年の間に、からだは確実に衰弱したものの、併しその日その日は、ただ会社とアパートとを往復するだけで、平穏と言えば平穏、さして悲しいこともなければ、取り立てて嬉しいこともなく、私の魂を震撼させるようなことは何事も起こらなかった。一日一日は迅速に、正確に暮れて行った。会社へ出ればそれはそれなりに、そこでの抜き差しならない人交わりがある。が、それ以外には人と往き来することもなく、休みの日は大抵は精根尽きて、終日、アパートで死人のように眠っていた。併しこの死人はまた背広・靴を身に着けて、「いましばらく生きるために。」会社へ出て行くのだった。

けれども髪は相変らずの坊主刈り、書類は頭陀袋《ずだ》へ、という姿は人の目には異形《いぎよう》だった。後ろ指を差されたり、嗤《わら》い物にされたり、呆《あき》れられたり。果ては思わぬ怒りを買ったり。

併しそんなことはものかは、電話も引かず、TVも持たず、家具もなく、アパートのがらんとした部屋は、東京へ戻って来た時そのままである。そのようなやくたいもない日常にあっては、空壜《あきびん》に挿《さ》した草の花が、毎日少しずつ枯れて行き、ある日、枯れた草を捨てる時の苦痛は一瞬の光でもあった。基《もと》いのところではどうあっても、世を捨てて生きたい、という気持だけは捨てることは出来なかった。会社の仕事に全霊を打ち込むことも、それはそれで私には世捨てであった。心の中の一番寒い場所では「どないなと、なるようになったらええが。」という絶望が、絶えず目を開けていた。

こういう私のざまを「精神の荒廃。」と言う人もいる。が、人の生死には本来、どんな意味も、どんな価値もない。その点では鳥獣虫魚の生死と何変ることはない。ただ、人の生死に意味や価値があるかのような言説が、人の世に行なわれて来ただけだ。従ってこういう文章を書くことの根源は、それ自体が空虚である。けれども、人が生きるためには、不可避的に生きることの意味を問わねばならない。この矛盾を「言葉として生きる。」ことが、私には生きることだった。

ある年の元旦の夜、ノオトにこう記した。「正月が来ても、行く所もなければ、帰る所もなし。訪うて来る人もなければ、訪うて行きたし人もなし。午後、千住の土手を歩く。枯蘆の茫茫と打ち続く様、物凄まじく、寒き川はぬめぬめと黒く光りて流る。枯蘆の中に一筋の煙立ち昇りたる所有り。近寄りて見れば、男一人ごみにうずもれ、石を築き、鉄鍋にて雑煮をにていたり。澄んだ目なり。」京成電車が荒川放水路の鉄橋を渡る下あたりでのことだった。翌年の正月、私はまた千住の吹きッさらしの土手を歩いて、その枯蘆の中へ行った。すると、男は烈しい怒りの目で私を見た。何事もない私の日常の中では、忘れ得ぬ人である。

忘れ得ぬ他人と言えば、去年の秋梅雨《あきつゆ》のころのある日、傘を差して、小石川植物園の塀に沿うた道を歩いていると、いきなり「どこへ行くの。」と、見知らぬ女に声を掛けられた。思わず「図書館。」と答えると、「あら、じゃ、いっしょに行きましょう。」と、女は恰《あた》かもこちらのことをよく知っているかのように近づいて来、並んで歩きはじめた。この物怖じしない素振りが私を不安がらせた。四十過ぎの、家庭の主婦とも思えない、化粧ッ気のない女である。足を速めると、女も足を速め、また元の歩調に戻すと、女も無言で合わせて来る。どうあっても付きまとうて来る気配である。

図書館へ着くと、併し女は自然に別の本棚の方へ行ったので、ほっとしていると、しばらくしてまた近寄って来た。厚い博物図鑑を私の前へ広げ、「この虫は食べられるでしょうか。」と言う。見れば、大きな芋虫の極彩色《ごくさいしき》の絵が描いてあった。

驚いて女の顔を見返すと、目を血走らせて、「いいえ、私たちは食べていました。」と言う。その切迫した物言いが、全身の毛が凍るほどに恐ろしかった。――私もまた「芋虫を食べて。」生きて来たに相違なかった。

十二年前、私は来る日も来る日も、阪神電車出屋敷《でやしき》駅近くの、ブリキの雨樋《あまどい》が錆《さ》びついた町で、焼鳥屋で使うモツ肉や鳥肉の串刺しをして、口を餬《のり》していた。東京での二年余の失業生活をふくめれば、漂流物の生活に日を経るようになって六年目のことである。

ことのはじまりは、何の当てもないのに会社勤めを辞めたことだった。その果てに、姫路岡町では旅館の下足番、京都上京西洞院《にしのとういん》丸太町上ル夷川町《えびすがわちょう》では料理場の下働き、神戸元町ではやくざのたまり場のお好焼き屋、西ノ宮高松町では競輪場帰りの客相手の安酒屋と、東京日本橋通《とおり》一丁目の広告代理店に勤めていた時分とは、凡《およ》そかけ違った水商売の日を経て、尼ヶ崎の出屋敷へ来た。

尼ヶ崎のことを、土地の人はある独特の愛着をこめて「アマ。」と言う。もともとは城下町であるが、併し大正期からは海べりに次ぎ次ぎに鉄関係の大工場が立ち並び、職を求めて来た鹿児島県人沖縄県人、あるいは朝鮮人が、人口の二割を占めるという土地柄である。阪神尼ヶ崎駅周辺が旧市街で、駅前のにぎやかな商店街を西へ歩いて行くと、だんだんに「温度のない町。」へ入って行く。そのあたりが出屋敷である。近代の都市はどこもみな、職を求めて流れ込んで来た流人たちの掃寄せ場という性質を隠し持っているが、尼ヶ崎はこの隠された本質がむき出しになった市《まち》とも言えよう。私もまた喰詰め者としてここへ来た。

西ノ宮の安酒屋にいた時分、人がアマのことを「あのあたりは働き奴《ど》が多いとこやさかい。」という言い方をするのを耳にしたことがある。尼ヶ崎辺では、日傭い労務者や権蔵《ごんぞう》のことを「働き奴。」と言うのだ。恐らくは私と同じように家庭のない、仕事にあぶれた日は出屋敷駅駅前でうろうろしている男たちだ。昼間から道端で車座になって酒を呑み、果ては酔い潰れ、歌を歌い、喧嘩をし、垢に汚れ、中にはゴム長靴の足を投げ出して寝ている者もいた。西ノ宮の甲子園球場の夜の野球が雨で流れた日の翌朝は、ゆうべ球場内で売る筈だった弁当を、業者がトラックに積んで来て、荷台の上からこういう寄るべない男たちや、あるいはそういう男たちに蠅のようにたかって生きている女たちに、二十円三十円で投げ売りするのである。夏場は折りの蓋を取れば、もうかなりかすかだのする弁当である。併しそれを承知で男や女たちは群がっていた。私もまたその人だかりの中にいた。人が「アマ。」という言い方をする中には、こういうあからさまな光景もふくまれ、そうであるがゆえの「温度のない。」悲しみが、じかに感じられた。

二

私は阪神尼ヶ崎駅の構内に、風呂敷荷物一つを提げて立っていた。見知らぬ市《まち》へはじめて降り立った時ほど、あたりの空気が、汚れのない新鮮さで感じられる時はない。その市《まち》の得体の知れなさに、呑み込まれるような不安を覚えるのである。その日の朝早く京都小山花ノ木町の知人の家を出て、鴨川べりへ出ると、川が一面に凍っていた。尼ヶ崎は霙《みぞれ》まじりの雨だった。シベリアから南下した烈しい寒気団が日本列島を天から圧していた。私は先ほど電車を降りたものの、この市《まち》へはじめて来て、あたりにうろつく人の影から、すでに全身の細胞が、この市《まち》をこの市《まち》たらしめている異様な空気を感じ取り、立ち竦《すく》んでいた。不意に、男が私に近づいて来た。

「火ィ貸してくれへんか。」

と言った。男は一ト目見て、普通の世過ぎをしている男とは思えなかった。顔面蒼白の上に髭剃りあとが青く、鋭い眼光に隈があった。私から火のついたたばこを受け取ると、自分のそれに接いで、火を移そうとした。その時、左腕のシャツの袖口が覗いて、刺青《ほりもの》が見えた。火を移しおえて、私にたばこを返そうとした瞬間、足もとへ落ちた。咄《とっ》嗟《さ》に男は、

「おッ、すまんことしたな。」

と言って、私の顔を見た。白目の部分が血走ったように充血していた。併し黒目の光は私を射竦《いすく》めるように動かない。男はズボンのポケットから皺くちゃの一萬円札を出すと、私の胸ポケットへ押し込み、

「これでたばこ買《こ》うてくれ。」

と言うや、雨の中へ傘も差さずに歩いて行った。私は男の痩せた背中を見て、舌打ちをした。

私はこれから見も知らぬ赤の他人を訪ねて行くのである。その人に渡りをつけ、その人に使ってもらって生きて行くほかに、何の当てもない身だった。何もかも失ったのか、すべてを捨てて来たのか。ただ己れが無能者《ならずもの》であることだけは、すでに思い知らされていた。訪うて行く先は、私のような世間知らずには恐らくはこのたびも、一筋縄では行かない相手だろう。併し相手がこちらの歯が立たない男であろうが、欲どしい女であろうが、も早私には頼るものは何もなかった。

けれども、私にはいまとなっては、後悔している余裕などなかった。私は毎晩、私の背中に火がついて走り廻る夢を見た。東京のアパートで。そして自分を崖から突き落とした。いや、己れの無能にしがみ付いた。それだけのことである。手描き地図を見て、東難波町の伊賀屋へ行った。どこにでもある焼鳥屋である。店内の片側の壁に大きな鏡がはり付けてあって、人気《ひとけ》のない奥からは、肉汁の腐ったような臭いが漾《ただよ》って来る。二月の連休二日目の午後だった。足もとから冷気が立ち上《のぼ》って来るに従って、全身の血が下へ流失して行くような不安が、私を緊張させていた。出て来たのは、髪の薄い、六十前の女だった。私が来意を告げると、苦い目で、

「あんたかいな。」

と言うて、私の人品骨柄を見た。そして自分は腰を降ろしたが、私には坐れとも言わない。こういう店一軒を営んで行くにも、それが銭に関わる限り、佛心だけではやって行けないのは、他の商いと何変ることはない筈だ。女はマッチの軸木で卓子の上の灰皿を引き寄せたあと、たばこに火をつけた。働いて生きて来た皺だらけの手である。

「蟹田はんの話では、あんた、大学出なんやとな。」

「………。」

「ほれも、ええ大学出というう話やないか。」

「はあ。」

「はあやないやろッ、バチ当りが。」

どこへ行っても、まず大概はこの話からはじまるのだ。が、面と向って、私のことをこうまではっきり「バチ当り。」と言うたのは、この女が初めてである。

「ま、ま、ええ、チンケに負ける豚もある。」

私にはこの女の怒りが何であるかよく分かっていた。さぞや魂の抜けた腑抜けに見えるのだろう。「世間の人はみな、銭がつかみとうて血まなこになっとんのに。あんた、可哀そうに。」と言いたいのだ。東京で無一物になり、播州飾磨《しかま》の在所の家へ逃げて帰った時、母が私に言うた言葉である。私はそこで自分には逃げて帰るところはない、ということを思い知らされた。

併し「バチ当り。」と言われようが何とそしられようが、私は平気だった。平気ではあったけれども、その日その日、尻の穴から油が流れていた。私が私であることが不快であった。私を私たらしめているものへの憎悪、これはまるで他人との確執に似ていた。確執においては相手も自己もそれぞれに、その人の精粋《エキス》がいや応もなく滲《にじ》み出て来る。にも拘《かかわ》らず平気とは、己れが己れの精粋《エキス》だけに痩せて行くことに、ある至福を感じていたということだろう。が、またそれは同時に、げっそり痩せて行く過程でもあるわけだから、尻の穴から油が流れ出ないわけがなかった。

私は会社員くずれとしての己れを処決する言葉を、いや、寧《むし》ろ不可能に近いことではあるが、己れの精神史を一変させてくれる言葉を、どうかして捜したいと思うていた。心にそれを願い、頭がさ迷うていた。

大学では些少、本を読んだ。ドイツ語の字引を引き引き、ニーチェやカフカを読んだ。あるいは折口信夫や丸山眞男を読んだ。が、その結果は「チンケに負ける豚。」になったということだったのだろう。そうでなければ、何の当てもないのに会社を辞めたりするはずがない。無論、辞める迄にはよくせき避けがたいものがあるにはあったが、併しそんなことは腑抜けの囈《たわごと》にも似たことだ。

辞めたあとは二年半、無一物になり切るまで、ふらふらしていた。と言うことは、反面では不決断にぐずぐずしているうちに、精神的にも経済的にもずるずる、ジリ貧にずり墜ちて行ったということだ。苦しくなれば、人は逃げ道を捜す。が、いったんそういう状態に陥れば、さらに逃げ道はなかった。されば、己れの精神史が一変する言葉とは言うても、それは、も一度己れを生き返らせてくれるものを求める方向でなのか、あるいは、も一段己れをより苦しいところへ追い詰める方向でなのかは、私にもよく分からないことであり、と言うよりは、その二つが絶えずあやふやにもつれ合っており、併し一つだけ確かなのは、私が私であることが堪えがたい苦痛であることだった。

私は目の前にいる、この髪の薄い女が何であるのか知りたかった。女は皿の底にお汁が残ったような目で「蟹田はんの話では、まあ何ぼでもええさかい、やってくれ、いうことなんやけど、あんた、何ぼ欲しいんや。」とか、どうとか言うて、しきりに歯を鳴らしていた。女の六十前がどういう年か知らないが、不意に私は、この女とまぐわいをしてもいい、と思うた。どんな女でも一度はいっしょに寝て見る価値がある。併し女は私がそんなことを思うたのは知る筈もなく、焼鳥の串刺し一本作ってくれたら三円、それを日に千本は刺して欲しい、というようなことを言うている。口ではそんなことを言うているが、腹の中では私と同じように何を思うているかは知れないのである。それが人と人との間、つまり人間である。

「なあ、あんた、何ぼ欲しいんや。」

「銭は一円でも多い方がええに決まってますけど。」

「ほんなら、あんた、うちの言い値に不服があるんかいな。」

「………。」

「うちは気持よう働いて欲しいんやがな。」

女主人は私を突き放した目で見た。

「こうつと、あんた名前、何ちゅうんやったっけ。」

「生島与一です。」

「ほう、親にええ名前つけてもうてからに。」

「私はおねえさんのおっしゃる通りでええ思いますよ。」

「そうか。」

女は嬉しそうな顔をした。はじめからこうなるのは決まっていたのである。私は銭を稼ぐためにここへ来たのに相違なかったが、併しまた銭儲けに来たわけでもないので、その矛盾は自分でも解けなかったし、そうであって見れば、他人に説明のしようもないことだった。だからこれ以上、余計なことを言わない方がよかった。たとえばこの伊賀屋の女主人の名前なども知らなければ知らないで、いっこう構わないのである。私が知りたいのはこの女が何であるかということだけだったし、それも知らなければ知らないで、何程のこともないのである。

私は伊賀屋の女主人に連れられて、東難波町から出屋敷へ行った。そこには三和《さんわ》市場ナイス市場新三和市場という一ト続きの大きな市場があった。肉・鳥・魚・野菜・果物・豆腐・塩干物などを、それぞれに山と積み上げた店が、鉄骨普請の大屋根の下に数百軒看板を連ね、えらい景気である。市場中が沸《ふ》ッ立っていた。併しそのにぎわいを少し外れると、打って変って淋しい家並みが続き、出屋敷駅の横手には、醬油と大蒜《にんにく》の焦げた臭いのする貧相な安酒屋が並んでいた。無宿者《やさぐれ》相手の簡易宿泊所もある。

そういう一郭の裏通りに石鹼やゴム手袋などをおいている雑貨屋があって、女主人はそこでちょっと挨拶すると、横手の露地を入って、汚い老朽木造アパートの二階へ上がって行った。中廊下を挟んで左右に三つずつ部屋が並んでいたが、空気が死んだように人気《ひとけ》がない。右手の一番奥の部屋へ、女主人は鍵も開けずに入って行く。異様な臭気が鼻を刺した。あの肉汁の腐敗したような臭いである。中は四畳半一間に流し、その上に窓があるだけの寒々とした部屋だ。隅にかなり大きな電気冷蔵庫が不似合いにおいてある。横に粗末な木の椅子。ほかには何もない。窓の外はすぐ隣家の背中なので、昼間でも新聞の字も読みづらいほどの小暗さだ。なのに、畳の色が焼けているのがはっきり分かる。冷気が足もとから全身に這い上がって来た。女主人は天井から下がった傘電球のスイッチを捻って、あしたからこの部屋で牛や豚のモツ肉をどうさばくかということを説明しはじめた。が、その途中でふっと、

「あ、こななことは実地に言わな。」

と言葉を切り、不意に私の手をにぎった。

「あんた、可愛《かい》らしいな。」

咄嗟に私は手を引いた。ぞっと背筋に寒気が走った。先ほど東難波町の店で私が心に思うたことを、この女は感じ取っていたのだ。薄気味悪い色婆ァ、と言うより、この六十前の女にとっては、それはそれで嬉しかったのだろう。女は「あはは。」と磊落《らいらく》な声で笑い、

「あんた、気が腐るほど真面目な人や。」

と言った。真面目、という言葉が押ピンの針のように、私の心を刺した。磊落な笑い

は、そういう笑いをせざるを得ないほどに、私がこの女を傷つけたということだろう。

夜になった。押込みからふとんを出してもぐり込んだ。誰が寝たのか分からない臭いのする、黴臭《かび》いふとんである。枕カバーにも見知らぬ他人の髪脂がじっとりしみ付いていた。この部屋には煖房器具はない。あるのは冷蔵庫と木の椅子、流しの下に俎《まないた》・牛刀・小出刃・竹串などが仕舞ってあるだけだ。併しこの部屋もこのふとんもただであることを思い併せれば、生きる目当てを失った私にはありがたかった。ふとんは冷たかった。併し温かいところで眠りたいという気は起こらない。

会社勤めをしていた時分も、安アパートの冷たいふとんで寝ていたのは同じだった。昼間、会社での仕事の内容は広告取りの営業だった。世間にざらにある仕事だった。その限りにおいては平凡な会社勤めであり、時には過って時代の花形などと喧伝されることもある職種だった。この仕事を、一生の仕事として打ち込んでいる人もたくさんいた。ところが煩悩者の私はどうしても、この広告取りをして自分の口を餬《のり》する日常に、何か「もう一つ。」張り合いを見出すことが出来なかった。寧ろ広告取りをすることに、ある苦痛を覚えた。この心のさがを、みずから傲慢であるとも、頓珍漢であるとも思い、また時には人から飛んでもない思い上がりであると指弾も受けた。

併し私はその日その日、広告取りをすることの中に、私が私の中から流失して行くような不安を覚えた。別段、私に確固とした「私。」があったわけではない。これが掛け替えのない私、と思うてはいても、その私も、実は他者との関係性の中で作られ、他者が捏造《ねつぞう》した言説を呼吸して形成されて行く私、つまりは、あやふやな、どこ迄が私に固有の私なのか知れない私だった。が、そんな私ではあっても、これが流失して行くことは不安であり、併しまたその不安の裏には、さらにそういう不安を覚えることそれ自体を厭《いと》う、おぞましい「私。」がひそんでいた。私は「私が私であること。」に堪えがたいものを感じた。しかもその私が無意味に流失していた。

夜、アパートに一人坐っていると、得体の知れない生への恐れが立ち上がって来た。恰かも「物の怪。」に取り憑かれたかのように——。私は露出していた。流失とは、自分にとって大事なもの・必要なものが流れ落ちて行くと同時に、いらないものが流れ落ちて行き、己れが己れの本性《ほんしょう》だけに痩せ細って行くことである。生への恐れはだんだんに色濃くなって来た。ついには背中に火がついて走り廻る夢を見るようになった。

併しそうは言うても、それはそれなりに月々の給料に支えられた安定した生活ではあった。ところが、やがて私はこの物の怪に立ち迷い、安定した生活をしていることとそのことが苦しくなって来た。許せないと思うようになった。いきなりこの安定を衝き破りたい欲望に囚われた。

ある日、こんなことがあった。百貨店で私の求めた鋏《はさみ》を包んでくれた、目の前にいる女を、突然殺害したい欲望に囚われた。見た目には美しい、併しどこか顔色の悪い女だった。「どうかなさいましたか。」と問い掛けられて、往生した。それはその女の包み方がぞんざいだったとか、手渡しの仕方が悪かったとかというようなことではない。その女からじかに伝わって来る、何かきわ立ってうすら寒い感じが、私の隠された苦痛を呼び醒まし、その女もろとも私自身をいきなり奈落へ突き落としたい欲情を覚えたのだ。不条理な狂気の欲情である。私は私の中の物の怪を恐れた。併しいったん私の心に立ち迷いはじめたこの生々しい欲情は、も早いかにすることも出来なかった。「死ねッ。」と思った。私はこの顔色の悪い女を殺害する代りに、自分を崖から突き落とした。

あれは温かいところで眠りたいということだったのだろうか。併し現実には、そのころよりさらに寒いふとんで起き臥《ふ》しするようになり、そして寧ろそのことにある安らぎを覚えるようになっていた。けれどもそれは「ある。」という限定付きの安らぎに過ぎない。何か意識の流れの底にごわ、ごわと引っ掛かる恐れがある。安定した生活を摧《くだ》いたことを悔いる気持は、かけらもなかったが、併しこれでいいとは思えない、こんなことはしていられない、という小刻みないら立ちが私を咬んでいた。これは何なのか。実際、安定した生活を衝き破っては見たものの、併しそれでどうなったわけでもなかった。私に取り憑いた生への不気味な怯《おび》えは、依然として私の中に立ち迷い、何か得体の知れないことを訴えていた。これから何をしようという気もなかった。このまま朽ち果てればいい、とは思えなかったが、朽ち果てるだろう、とは思うていた。それを悲しむ気は、私にはなかったが。

人間世界には、自分が殺した人の菩提を弔い続けることを、生きる甲斐にして生きている人もいる。あの時、鋏でいっそ一ト思いにあの女を殺《や》っていれば、あるいは違った世界が展けていたのかも知れない。併しこれは私には悪夢だった。その悪夢から醒めたところが、この出屋敷の老朽アパートの闇の中だった。

伊賀屋の女主人に手をにぎられた感触が、まだ生々しく残っていた。孤独な冷たい手だった。耳が自然に冴えて来る。先ほどまで階下で子供の声がし、物音も聞こえていたが、それも已《や》み、二階の他の部屋からはまったく人の気配が伝わって来ない。起《た》って、廊下へ出た。他の部屋からはやはり光は洩れていない。階段の上り端《はな》にある便所へ行った。男専用の便器はなく、大便用の個室があるだけだ。便器にしゃがむと、目の前の土壁に釘のようなもので鋭い絵が描いてあった。絵は、目を大きく見開いた女が、男の太い男根を口にふくんでいた。

翌朝、ドンと扉を開けて、見知らぬ若い男が入って来て、目が醒めた。男は野球帽をかぶり、大きなビニール袋を提げていた。刺すような鋭い目だ。ビニール袋を上り端にどすんとおいた。袋の形がくずれた。牛や豚の臓物、毛を毟《むし》られた鳥肉などが入っているのが分かった。私は男の顔を見て何か言おうとしたが、男が私から目を離さないので、黙っていた。見られるだけで、何か邪悪なものが伝わって来るような目だ。男は背を向けると、またドンと扉を押して出て行った。しばらくして、表の雑貨屋の前で自動車のエンジンの音がし、走り去った。

　私は身繕いをして表へ出て行った。公衆電話を見つけて伊賀屋へ電話し、事情を言うと、女主人は「ほな、すぐ行く。」と言った。菓子屋でコロッケを一個揚げてもらって、アパートでそれを喰うて待っていると、女主人は来た。すぐに臓物の腑分けの仕方や串の刺し方を実地に説明しはじめた。一つ一つ「ええな、この黄色い脂は取んねで。」「筋はこない切んねんで。」と言うところが女である。先ほどの男については「これから、あのさいちゃんが毎日持って来るさかい。」と言うただけで、それ以上のことは何一つ言わない。男がどこの若い衆で、どういう段取りで持って来るのか。持って来た時に、なぜ受取りにサインしてくれとは言わなかったのか。いや、そもそもきのうここへ連れて来られた時から不審に思うていたことだが、なぜ伊賀屋の調理場で仕事しないのか。何もたずねる隙を与えない。わざわざこんなアパートで肉をさばくのは、それはそれなりのわけがあるに相違なかった。が、そなことはあんたは知らんでええ、という息遣いである。女は一ト通り説明を了《お》えると、

「すまんことに、うちはあんたにまだお茶を出してなかった、あんた珈琲飲むか。」

　と言うた。

「いや、私は珈琲は……。」

「まあええやないか、つき合《お》うてえな。」

「うちはゆうべ夜中になってから思い出したんやがな、えらい迂闊《うかつ》なことに。」

「………。」

この女は昨夜、ふとんの中で冷たい手をさすりながら、私のことを考えていたのだ。私がわが身の心を慰めかねていたように。

出屋敷駅駅前の「林檎や」という喫茶店へ行った。ドアを押して入ったところでお金を払っていた若い女が、いきなり、

「やあ、おばちゃん、こないだはありがとう。」

と言った。そして私には文脈のつかめない話を二人ははじめた。若い女は「兄ちゃん、また手紙寄こして。」とか、「広島の白井さんにはよう頼んで来たのに。」とか言っている。が、そういう話の合間に、当然、私をちらりと見遣る。私も見る。見るのが恐いような美人である。目がきらきらと輝き、光が猛禽のようである。私は目を逸《そ》らす。

併しその目を逸らすふりのうちに、この若い女の全身を見て取る。すると女は目敏くそれと察知して、右手で軽く胸をかばうような仕種をし、また私を見遣って、目を伏せる。その目を伏せる時にだけ、この女の中に隠されているらしい暗いものが顔に現れる。伊賀屋の女主人が目の隅で、鋭く私を返り見る。私は横を向く。併しその瞬間、も一度、女の姿を窃《ぬす》み見る。見ずにはいられない美貌であり、黒髪が匂うようである。

二人の話は終った。女はも一度私に目を遣って、出て行った。私と伊賀屋の女主人は奥の席へ行って、腰掛けた。女主人が珈琲を二つ注文した。

さてそうして向き合って坐ったものの、女主人は口を開かなかった。俯き加減に何か考えごとをするかのように爪を噛んでいて、時々、恐い目で私の方を見た。珈琲が来て、匙《さじ》で器の中をかき廻すようになってもまだ黙っていた。私はだんだんに堪えがたくなって来たが、またそうであるがゆえに意地で黙っていた。先に口を利いた方が自滅するのだ。


「あんた、戦争がすんだ時、年なんぼやった。」

「空襲の前の日の昼間生れた、いうて聞きましたけど。」

「こうつと、ほんなら酉やな、三十三かいな。」

「ま、そうです。」

「うちは二十七で終戦や。」

「はあ。」

「ほの時、うちは泉州の岸和田におったんやけど、すぐに大阪へ出て来て、そなな年で進駐軍相手のパンパンや。」


あッ、と思った。

「なんやいな、ほなな顔して、パンパンがそない珍しいんかいな。」

「いや――。」

私はこの女の冷たい手の感触を思い出した。

「うちはアメリカさんから毟《むし》り取った銭にぎって岸和田のお父ちゃんのとこへ帰ったんや、赤いハイ・ヒールはいて。あ、そのハイ・ヒールもアメリカさんに買《こ》うてもうたんやけど。そしたらお父ちゃんどない言うた思う。」

「………。」

「ええ靴やの。それだけ。」

私はこの女が何を言いたいのか分からなかった。けれども、この女が己れの生の一番語りがたい部分を告げていることだけは確かだった。

「きのうあんたをあの部屋に残して、店へ帰る道々、うちはこの話をどないしても聞いて欲しい思たんや、あんたに。」

「えッ。」

「蟹田はんの話では、あんたええ大学出て、ええ会社に勤めとったいう話やないか。そやのにそれ捨ててもて。」

蟹田のおやじがこの女に何をどう喋ったのか知れないが、私はこの女は何かを思い違いしているような気がした。私は私の心の中の迷いはどうあれ、自分の経て来た現実をごく有態《ありてい》に考えれば、なまくらな、見通しのない生活をしているうちに、女にも見捨てられ、ずるずる身を持ち崩してしまったに過ぎなかった。

「うちは今日までわが身がパンパンやったこと誰にも言うたことない。隠して来たけど、知る人は知っとうことや。けど、うちはこのことを死ぬまでにいつど誰どに、自分の口で言うてから死にたかったんや。隠すいうことは辛いことや。」

「はあ……。」

「そやかて、この世に生きるいうことは焦《あせ》るいうことやろが。そやからこそ、お先にどうぞ、思て生きなあかんのやけど、世ン中の人はみな目の色変えて、我れ先に走って行きよるが、阪神電車に乗るん一つが。これを言い直したら、生きることは捨てることや。あんたは捨てた人や、うちがパン助になったんも、わが身を捨てるいうことやったが。」

この女にとって自身が若いころパンパンであったことは「忌まわしい過去。」なのだ。少なくとも、そういう文脈でこの女の言葉は語られている。以前読んだ本の一節に「娼婦。」という言葉の横に「じごく。」とルビがふってあった。女は「赤いハイ・ヒール。」という血みどろの言葉で、その過ぎし日の「地獄。」を自白しているのだ。

言葉が突然、私に襲い掛かって来た。女の味わったであろう失意、嘆き、怨み——。だが、自白することは死の快楽だ。私はこれをどう受け止めればいいのか。なぜ「あんたに。」なのか。併し私は菩薩でもなければ、閻魔でもなく、言うなれば、ただの無能《スカたん》である。女が自白することによって味わっているであろう無慙《むざん》な喜びが、あの「冷たい手。」の感触として私の生身に沁みた。

「生島はん、あんた子供や。もうええ年して、もっと汚れな。——と言うても、あんたには無理やけど。」

私はかすかな屈辱を感じた。併しこの女はなぜわが身が売春婦《バンバン》であったことを私に告げねばならないのか。

「さっきのアヤちゃんな、えらい別嬪《べっぴん》さんやろ。」

「ええ。」

「そなな嬉っそうな顔せんでもええがな。」

「………。」

「言うとくけどな、あの子、朝鮮やで。」

私はふたたび、あッ、と思った。私の父や母も村外れに住む朝鮮人たちを陰でこう言うていた。それが私などの年代の者にも伝染し、同じように侮蔑的な口吻で言う者がある。私にも感染していないとは言えなかった。あッ、と思うのは、そう思う中にそれがふくまれているからだ。併し伊賀屋の女主人のこの物言いには、それに加えて、もう一つ別の底意がふくまれていた。先ほど私があの若い女に目を奪われたことに釘を刺しているのだ。どうあっても言わずにはいられないものが、この女の血の中には滾《たぎ》っているのだ。と言うのも、あの若い女が、男がどうしても見ずにはいられない色《いろ》を放っていたからだ。だが、どうして見ずにはいられないのか。

三

私は毎日、部屋に閉じ籠もり牛や豚の臓物を切り刻み、鳥の肉を腑分けして串刺しにした。はじめのうちは慣れないものだから、串を刺す力の加減が分からなくて、串の先でよく自分の指を突いた。すべて生物《いきもの》の屍体であり、手にねばり付く脂は血まみれの臭いをしていた。子供の時にならい憶えた歌が、時に口をついて出ることがあった。先祖の祥月《しょうつき》命日のたびごとにお参りに来たご院さんが歌ってくれた、〽庭に一本《ひともと》、棗《なつめ》の木、というような歌が。

さいちゃんは朝十時と夕方五時に大きなビニール袋を提げてやって来、出来上がったのを持って行くが、相変らず獰悪《どうあく》な目で私を見るだけで、口を利かない。私は鎌を掛けて見ようかと考えたが、併し口を利かないのは、いずれわけがあってのことなのだから、それは穿鑿《せんさく》する必要のないことだった。

一日の仕事が終るのは、夜九時、十時である。ここへ来た最初の晩がそうであったように、その時刻になればこのアパートの二階は森閑としている。だんだんに分かって来たのは、昼間、私の向いの部屋へたまに誰か男が出入りすることがあるのと、隣りの部屋へ夜遅くかなり年行きの男女が帰って来ることである。時には二人とも相当に酒に酔うていることがあるのは、その声が壁を通して聞こえるので知れ、あられもない男女のまぐわいの声なども筒抜けである。まだ男の姿は見たことがないが、女は朝早く共同便所から出て来るのに出喰わすと、容色の剝げ落ちた、病的に太った女だった。年齢は伊賀屋の女主人とそう違わないだろう。併し昼間の隣室はいつも人のいる気配がなかった。

その昼間、向いの部屋へ出入りする男は複数だった。中には階段をどたどた上がって来て、無遠慮に「先生ッ、おってか。」と大声を出して、戸をたたく者もいた。その声の凄みや歩き方から推して、これは通常の世渡りをしている男とは思えなかった。ある午後、私が廊下へ出ると、そこで一人の男と出喰わした。私は驚いた。はじめてこの市《まち》へ来た日、私の胸ポケットへ一萬円札を押し込んだ、あの陰気な目付きの、顔面蒼白の男である。が、相手は一瞬私の顔に目を止めただけで、部屋へ入ってしまった。私のことをそれと気づいたような気配もなかった。不安な気持で近所へ用達しに行って戻って来、自分の部屋へ入ろうとした時、向いの部屋の中から、

「うッ。」

という異様な男のうめき声が聞こえた。耳を澄ますと、また、

「うッ。」

と言った。烈しい苦痛を堪えるようなうめきだ。続いて、

「声、出すなッ。」

というドスの利いた声がした。が、また、

「ううッ。」

という前よりもさらに烈しい苦痛の声がした。怺《こら》えようとしても、それを内側から突き破って洩れ出すようなうめき声だ。男たちの仲間内で、あるいは誰かが拷問を受けているのかも知れなかった。私は自分の部屋で臓物をさばきながら、じっと向いの部屋の動静に気を配っていた。併しその後はこれと言うようなことは何も伝わって来ない。戸を細目に開けて様子を窺《うかが》うと、先ほどと同じうめき声が断続して聞こえるだけだ。やがて日が暮れて来た。するとドアが開く音がし、

「先生ッ、ありがとうございました。」

と言って、勢いよく帰って行く者があった。そのあとはひっそりし、しばらくしてまた誰か出て行った。あの顔面蒼白の男に違いなかった。

その翌日もまた同じ男の声が訪うて来、向いの部屋へ入った。そして同じように烈しいうめき声を上げ、同じ挨拶をして帰って行った。その夕、さいちゃんが帰ったあとで、

階下へ降りて行くと、降りたところで、外から帰って来た若い女とばったり出喰わした。女は驚いた顔をした。このあいだ「林檎や」で逢った女だった。先達てと同じように、私から目線を外さなかった。強い目の光で私を見据えた。女はそのまま廊下の奥へ歩いて行った。一番奥の右手、つまり私の部屋の真下の部屋の前まで行くと、鍵を出して戸を開けた。部屋へ入ろうとする時、ちらとこちらを見た。一瞬、目が合った。咄嗟に、はッとした。女の背中を目で追っていたのを知られたのはまずかった、という胸騒ぎが立った。

その夜から私は、自分の部屋の下の部屋から聞こえて来る音や子供の声に、耳を欹《そばだ》てるようになった。子供の声は男の子の声で、歌を歌っている時もあった。

日を経るに従って、この老朽アパートの中に逼塞《ひっそく》している住人たちの動静が、それとなく伝わって来るのは不可避だった。階下には中年の勤め人風の女もいれば、何で喰っているのか分からない老夫婦もいる。そのほかにも得体の知れない男が出入りしているのを見ることもあった。当然、それらの人たちも私に目を止めることがあるのは、これまた逃れようもないことで、こちらがいくら世を避けて生きている積もりであっても、階段下などですれ違った時に目礼をされるようなことが重なれば、軽い会釈ぐらいはするようになるし、またそうせざるを得ない力がそこには働いていた。そしてそういう些細なやり取りのうちにも、たがいの人となりは確実に伝わり、無言のうちに、いや応もなく相手を了解して行くのだった。

階下から声の聞こえて来る男の子の顔は、すぐに分かった。年は小学校一年生ぐらいで、目鼻立ちのくっきりした、併し子供にしては陰気な目付きの少年だった。はじめて見たのは、その子がランドセルを背負って小学校から帰って来た時だった。その時はただそれだけだったが、その次ぎに出逢った時は、アパートの横の露地で、一人で地面に何か絵を描いて遊んでいて、私が通り掛かると、

「踏むなッ。」

と言って、私を見た。その時、私ははじめてこの子の目を見た。そして階下から聞こえて来る声はこの子に相違ないと確信した。併しれいの若い女と母子《おやこ》であるとは思えなかった。また姉弟《きょうだい》とも思えなかった。

ある夜、仕事が終ったあと風呂屋へ行って、戻りに自動販売機で酒を買うていると、後ろから、

「ねえ、ちょっとあんたァ、これからええとこ行かへん。」

と声を掛けられた。振り返って見ると、夜になればいつもこの界隈の辻々の陰に立って、男を誘っている辻姫《つじひめ》さんの一人だ。のみならず、暗がりを透かしてよく見れば、隣室の女だった。女もそれと気づいたようだ。

「ちッ。」

というような声がして、私を睨みつけた。併し横を向くでもない。私がじっと相手の様子を見ていると、

「なんやねんッ。」

と言って近づいて来た。咄嗟に私は危険なものを感じて、身を避けるようにし、そのまま速足《はやあし》にアパートへ帰った。女はその夜、隣室へ帰って来なかった。隣室はこれまでも物音がしない夜があった。翌晩はかなり早い時刻に戸が開く音がし、男と女の痴《し》れ声が聞こえ、また出て行った。それからまた深夜に戻って来た。併し洩れて来る声は、先ほどの男女のものではないようだった。

そんなことが三、四日続いた。ある夜、男女が出て行く気配がしたので、わざと廊下へ出て見ると、まったく見知らぬ男と女がそこに立っていた。女はちらと私を見た。男も私を見たが、すぐに目を逸らした。隣りの部屋は、辻姫さんが男を連れ込む部屋として借りているのだった。

それから気をつけていると、隣室へやって来る女は、私の耳が聞き分けた通り一人ではなく、二、三人の女が入れ代り男を連れ込んでいた。いずれも五十の大台を越え、薄くなり掛けた髪のそそけ立った女ばかりで、連れ込まれるのも決まって、年老いた、宿無しの、みすぼらしい働き奴風だった。中には抱き合って大笑いしながらふとんの上へ倒れ込み、併しそれ以後はことりとも音を立てず、やがて淋しく押し殺した声で「おつ

たいがなァ、うろたんりりもォ、おにくたぎなやァ、こつなちぐひィ……。」と、呪文のような、経文のような文句を誦《じゅ》し続ける二人もあった。連れ込む方なら、連れ込まれる男の哀れさも哀れさだった。それは、その声を聞く者の魂の底にまで届かないでは措《お》かない凄絶な声だった。

伊賀屋の女主人、店では「セイ子ねえさん。」と称《よ》ばれているあの女は、恐らくはこの闇の中の絶望的な惨劇をよくよく知っているに相違なく、やがては私も耳にするであろうことを勘定に入れた上で、あの、人の骨身に達する自白をしたに相違なかった。その昔《かみ》の「赤いハイ・ヒール。」は、ここでは老娼婦が慰めを求めて誦《とな》える呪文に変色していたが、併しなおそれだけに、だし抜けに私に対してなされたあの自白が私の脳髄を毒するようだった。

セイ子ねえさんは「市場へ買物に来た帰りや。」と言うて、時折、私の部屋を訪うて来た。そういう時はかならず菓子や果物を持って来て、この煖房具もない寒い部屋に坐って私の仕事ぶりを見ていた。そして大概がところ持ってきた蜜柑を一つ食べ、たばこを一服し了えると帰って行くのであるが、その間、私は頑《かたく》なに口を利かず、セイ子ねえさんも私が自動販売機で買《こ》うて呑んだ酒壜の列を見て、「あんた、毎晩こない呑むんやな。」というようなことを言うほか、これというようなことは何も言わなかった。無論、ここでもらう銭では、私が酒場へ呑みに行くことなど出来ないことはよく知っていて、空壜を見ているのである。併し伊賀屋へ「呑みに来ィ。」というようなことは言わないし、私も行く気などなかった。

それでいてこの女は何を思うてか、私のために菓子や果物を買うて持って来るのである。私としては魔法壜《ポット》に温かいお茶でも入れて持って来てくれる方がありがたいのだが、併しそんなことは口が腐っても言えなかった。セイ子ねえさんは、この部屋にそういう簡便な道具がないことは、よく承知しているのだから。

セイ子ねえさんが帰ったあとを見ると、決まって蜜柑を食べたあとの皮にたばこの吸殻が押し付けてあった。時にはその吸口に紅が付いていることもあり、私はその残骸をそっくりそのまま、その次ぎ、ねえさんが来るまで放置しておくこともあった。当然、ねえさんはその次ぎに来た時、目を止める。が、何も言わず、たばこの煙を燻《くゆ》らせている。恐らくは私のことをドしぶとい男やと思い、私もまたドしぶとい女《おなご》だと思うて、黙って臓物を刻んだり、その刻んだ肉を串刺しにしたりしている。

併しそのようなひとときではあっても、この寒々とした部屋にあっては、ねえさんが来て坐っているあいだは、それはそれなりに人心地がつく時間だった。私は向いの部屋から聞こえる男のうめき声や、あるいは「林檎や」で逢うた女がこの真下の部屋に住んでいることを、あの時ねえさんはなぜ私に言わなかったのかを問い糺《ただ》したくて、うずうずしていた。が、それを問うことは深入りすることだった。さいちゃんが口を利かないのと同じように、口にしないのは口にしないだけのわけがあるのは明らかだ。それでいて私はこの女の「忌まわしい過去。」を、私の心の中に所有させられており、それは、時として夜中に隣室から洩れ聞こえる老娼婦のおぞましい呪文として、すでに何度か思い知らされていた。

四

三月半ばを過ぎたころだった。私は郵便局へはがきを買いに行った。そこであの顔面蒼白の男に逢うた。軽く目礼したが、やはり男はそ知らぬ顔をしていた。それで、私はこの男は私のことは記憶にないのだと思うた。男は小学校一年生ぐらいの男の子をつれていて、

「ほら、行くぞ。」

と、その子の頭を小突いて、郵便局から出て行った。その時、私は男の子の横顔を見て、あれ、と思うた。その子は時折、あの、アパートの横の露地で一人で遊んでいる少年だった。そしてたったいま男が男の子の頭を小突いて出て行った様子は、どう見ても親子だった。して見れば、あの若い女は何なのか。すでに私は男の子が廊下で女のことを「アヤちゃん。」と呼んでいるのを見たこともあった。それはどう考えても母子《おやこ》とは

思えない声だった。けれども私の部屋の真下の部屋に、あの女とこの男の子が起き臥ししているのだけは確かなことだ。すると男も私の真下の部屋にいっしょにいるのか。

向いの部屋へ出入りする男たちがその風体《ふうてい》からして、くすぼりであるのは明らかだった。この世の奈落の闇で燻《くすぶ》っているやくざ者たちを、このあたりではくすぼりと言うのである。神戸のお好焼き屋で働いていた時分、店へ来た極道たちが「わしらくすぼりはな。」と言うのを耳にしたことがあったが、その世界では、幾分自分を卑下する言い方ではあっても、蔑称ではないのだろう。そういう男の一人がどたどたと足音をさせて向いの部屋へ、あの顔面蒼白の男を訪ねて来ると、骨を噛むような苦痛の声が洩れて来る。まるで苦痛を受けるために来るようだった。

それから日を経ずして、ある晩遅く風呂屋へ行くと、客は二、三人で、がらんとしていた。からだを洗って湯舟に浸かっていると、そこへもう一人、男が入って来た。精悍な体軀の中年の男だった。その背中を見た時、あッ、と思った。背中一面に刺青がしてあった。紅蓮《ぐれん》の炎の中に蝶が乱れ舞う、青い不動明王の姿だった。それを見て、向いの部屋から洩れて来るうめき声は、恐らくはこれだと思うた。あの顔色の悪い男を、訪ねて来る男たちが「先生。」と称んでいるのも、時には夜を徹して声が洩れて来るのも、そう考えればすべて納得の行くことだった。いや、すでに阪神尼ヶ崎駅の構内ではじめて逢うた日、あの男自身の手頸に刺青が覗《のぞ》いていたではないか。

併しそれにしても、刺青というのは何と不思議な力を秘めているものだろう。目の前の湯舟に沈んだ男の背中一面の不動明王は、正視するに堪え得ないような恐ろしい輝きを放っていた。この物狂おしい輝きは何なのか。佛教美術図に見る不動明王などとは何かが基本のところで相違していた。なぜ正視するに堪え得ない畏怖を覚えるのか。

その夜、風呂屋から帰ると、私は郵便局で求めたはがきを取り出した。先ほど銭湯で目の当りにしたばかりの悪の輝きに取り憑かれたかのように、誰かに何か書き送りたいと思うたからだ。併しいざ書く段になると、も早私には書き送る先がなかった。東京の生活を畳んで、僅か三年余である。この三年余のあいだに、私はそういう相手をすべて失っていた。日常のあれこれを有りのままに書けば、それはそのまま、相手には私の泣き言としか映らなかった。「私はあなたの泣き言なんか聞きたくないわ。」「きみは好きでそういう生活をしているのではなかったのか。」すでに私はこういう手紙を一再ならず落手していた。つまり、私は以前はそういう人たちとしか付き合っていなかったということだろう。

にも拘らず、私は性懲《しようこ》りもなくはがきを買いに行ったのだった。誰かに何かが書きたくて。併しそれは紛れもなく、私が誰かの慰めを求めていたということだ。はがきの表にまず宛名を書き、住所を書き、併しその裏には本文を何も書き得ず、それが次ぎ次ぎに反古《ほご》になって、郵便局で求めた十枚が尽きた時、沈黙することの安らぎが訪れて来た。

あるいはその安らぎを得たいがために、私ははがきを求めに行ったのかも知れなかった。けれども私はまたぞろ、はがきなり切手なりを求めて郵便局へ行くに違いなかった。隣室で老娼婦が絶望的な声で誦える呪文を心になぞりながら。

ある日の午後、私が廊下へ出ると、向いの部屋で男たちが何か低い声で話していた。併し私はそのまま廊下を歩いて二階の共同便所へ行った。そして戸を開けようとすると、中からアヤちゃんが出て来た。あッ、と思った。アヤちゃんは私をちらと見て、併しそのまま廊下を歩いて行き、私の部屋の前まで行くと、も一度私の方をちらと振り返って、向いの部屋へ入った。便器に跨《またが》ると、れいの、女が男の性器を口にふくんでいる絵が目の前にあった。アヤちゃんはたったいまこの便器に跨り、この絵を見ながら用を足していたのだ。二度目に私をちらと見た時の、かすかに笑みをふくんだような目差しは、恐らくはこの絵を思い出してのことに相違なかった。

「おんどれッ、ぶち殺したろか。」

ある夕、さいちゃんがいきなり私に呶鳴《どな》った。私は驚いた。さいちゃんは土足のまま上がって来て、私の胸倉をつかみそうにした。さいちゃんが言葉を発したのも驚きだったし、私の何が彼の逆鱗《げきりん》に触れたのかが分からないのも、恐ろしかった。さいちゃんが来たので、いつもと同じように調理しておいた肉の山を渡そうとした時だった。併しさいちゃんは呶鳴ったことによって、さらには私が怯《おび》えの表情を見せたことによって、一応の得心が行ったのか、私を殴りつけるようなこともせず、肉を受け取って帰って行った。あるいは私に何か油断があったのかも知れない。さいちゃんはいつも黙っているので、こちらもいつも黙って肉を渡すだけだった。が、私はそのことに狎《な》れ、いつしか狎れ過ぎていたのかも知れない。恐らくはそのことの中に、何かさいちゃんの神経を逆なですることがひそんでいたのだろうが、併しそれが何であるかは、いくら考えても思い当るふしがなかった。そうであるがゆえに不安な、不快な心持ちが残った。

その翌日はある異様な緊張を持って、さいちゃんが来るのを待っていた。が、いつもと同じように私から肉の山を受け取って帰って行った。きのう私を吸鳴りつけたことなど、まったくなかったような素振りだった。併しいったん私の中に焼き付けられた不安は容易には消えなかった。

人の中にはどんな恐ろしいものがひそんでいるかは量《はか》りがたいことだ。それは決してさいちゃんだけのことではなく、凡《およ》そ私の知る限りの人がそうだった。だから、もとより私は、私に切ない自白をした伊賀屋の女主人に、さいちゃんが吸鳴ったことなど告げる気はかけらもなかった。セイ子ねえさんは週に一、二度はやって来て、黙ってたばこを燻《くゆ》らせていた。何を思い、何を感じてそこにそうしているのか、私には分からない。あるいはこの女も心に悲しい呪文を誦《じゅ》して、この部屋へ来るのだろう。が、そんなことは、こちらが穿鑿《せんさく》するいわれなどないことだ。さいちゃんもこの女には何も言わなかっただろう。それは奇妙な確信だが、さいちゃんの目には私にそう確信させるだけのものがあった。

五

休みの日は洗濯をすると、あとはもう何もすることがなかった。ある日、近所へ昼飯を喰いに行き、尼ヶ崎中央商店街を歩いた。両側に続く商店にはそれぞれに、美しい商品が人の気を引くように並べてあった。併《しか》しどの店のショウ・ウインドーを見ても、欲しいと思うものがなかった。それは商品としての出来映えが貧しいからではなかった。何年か前の私であれば、欲しいと思ったであろう商品はたくさん並んでいた。併し、生きて行くために已《や》むなく必要な最少限のものを除けば、も早、これが欲しいと思うものは何もなかった。だんだんにショウ・ウインドーを覗くのが疎《うと》ましくなり、自分が自分に打ちのめされて行くような、うすら寒さを覚えた。

やがて阪神尼ヶ崎駅の前へ出た。四月初めのよく晴れた日だった。広場の隅に人だかりがしているので、近づいて見ると、香具師《やし》の蛇使いが頸に青大将を巻きつけて、さかんに口上を言うていた。それは子供の時分、お祭の日にお宮でよく見た、私には懐かしく、また不快な光景だった。爬虫類を見た時のいわれのない不快感もあるが、併しそういう蛇使いの光景を懐かしいと感じることも不快だった。

香具師の目は真剣であり、さらに獰悪《どうあく》だった。この男盛りの香具師は恐らくは好きでこういう世渡りをしているのではないだろう、という風な、むかつくような想念が私の頭の中を横切って行く。こんなことは、子供のころには思っても見ないことだった。けれども、こうして人だかりを後ろから「ちょっと覗く。」のも、ショウ・ウインドーを「ちょっと覗く。」のとまったく同じように、私の医《いや》しがたい欲望がすることとだった。

その日、私は大阪中之島の府立図書館へ行った。蛇使いを見た時、学校時代に読んだH・ハイネの「流竄《るざん》の神々」という恐ろしい物語のことを思い出し、それをも一度読みたいと思ったからだ。係りの女が書庫へ本を捜しに行っているあいだ、目の前の台の上においてあった何冊かの本を、手に取って見ていた。すると「遅い」と題する詩が目に入った。

あの帽子は
わたしがころんだすきに
波にのまれてしまったのです

ひろってください
帽子は波にのってただよっています
ほら
すぐ手のとどくところに
あなたが一生懸命
手をのばしたのはわかっています
今日は海の水がおこっている日
あなたをさえ　波がのみこもうとしている
けど　おそれずに
あの帽子をひろってください

わたしが願ったのは
帽子をとりもどすこと
ではなかったけれども

新藤涼子という女の「ひかりの薔薇」（思潮社・昭和四十九年三月刊）という詩集だった。どういう女か知れないが、恐ろしい言葉をのみ込んだような気がした。セイ子ねえさんが「うちは、そなな年で進駐軍相手のパンパンや。」と、私に語って聞かせた言葉と同じように恐ろしかった。そこへ係りの女が戻って来て、私が見たいと言うた本はないと言った。眼鏡を掛けた女だった。この女が書庫の中をうろうろしていた僅かのあいだに、私は「わたしが願ったのは／帽子をとりもどすこと／ではなかったけれども」という詩の不意撃ちを受けたのだ。セイ子ねえさんの冷たい手の感触を思い出した。

図書館の窓の外に満開の櫻が咲いていた。私はノオトに、この緋色の表紙の本に収められた「遅い」という詩を転記して帰ることにした。冷え物のような心で一字一字、写しているうちに、ふと大学時代の旧友のことを思い出した。

その男は卒業後、某銀行調査部に勤めたが、何年かして逢って見ると、すでに結婚していた。それだけならどうと言うことはないのだが、毎朝、まだ細君が寝ているあいだに起きて、洗濯をし、写経をしてから出勤すると言うのである。驚いて尋ねると、併し嬉しそうな顔をして、嫁さんは詩を書き、推理小説《ミステリー》の翻訳をする女であると言う。さらに嫁さんは、実は月に一度はかならず女の月のもので、わざと下穿きを汚して出すので、月ごとの赤馬の日がめぐり来るたびに、その血みどろの下穿きを手でもみ洗いしているうちに、写経をして気持を沈めるようになった、と言うのである。

詩を書く女の絶えざる渇きとしては、日ごとにすり減って行く結婚生活の新鮮さを保持するために、恐らくはそうせざるを得ないのだろうが、女にそうされると、男としても恐らくはまた己れを医《いや》すために、毎朝、佛の言葉を写す、という風なことをせざるを得ず、併しそういう「愛の内容物。」を自慢気な顔で得々と語るのが、何とも薄気味悪かった。

が、私が冷えた心で見知らぬ女の詩をノオトに写すというのも、それとそう違わない無慙《むざん》な振舞いに相違なかった。先夜、十枚のはがきを反古《ほご》にしたのは、あれは何だったのか。あの晩覚えた沈黙することの安らぎは何だったのか。いや、書くとは何か。詩を書くとはどういうことなのか。なぜ女は赤馬の日が来るたびに、己《おの》が下穿きをわざと汚さざるを得ないのか。いや、そもそもなぜ私はこの「遅い」という詩を、ノオトに書き写さざるを得ないのか。私はもう一度「遅い」という詩を心に刻んだ。そしてノオトの書き写した頁《ページ》を烈しく引き破いて捨て、図書館を出た。何とも得体の知れない屈辱感が、私の心を寒くしていた。

また別の日に阪神電車の線路沿いの道を歩いていると、尼ヶ崎戎神社の境内に、一人の男がしゃがんでいた。私のアパートにいる、あの顔色の悪い男だった。男はそういう姿勢のまま、神社に放し飼いにしてある何羽かの鶏に小石を投げていた。退屈凌《しの》ぎにそんな慰みをしているようだった。が、よく見ると、男が投げる小石は百発百中、鶏の目に当るのである。鶏はそのたびごとに、飛び上がった。併しそれだけではなかった。男は剃刀のようなものを投げた。するとやはりそれが鶏の目に命中し、鶏は「ケエッ。」と、けたたましい喊声《かんせい》を上げて走った。

数日後、近所の一膳飯屋《こじきめし》で昼飯を喰うていると、そこの女が、

「あんた、彫眉さんのとこにおってのお人か。」

と私に言うた。口の軽い女で、

「あの人、恐い人やで。」

とも言う。

「はて、そうやろが、人のからだに針千本、刺すんやさかい。平気で。」

この調子では、この女は私のさばいている臓物や鳥肉についても、何か知っているだろう、と思うたが、併し相手がこういう口軽の女では藪蛇《やぶへび》になることを考えて、黙っていた。

櫻の花が散ると、風が光り、木々の新芽が日増しに鮮やかになった。すると急にまた天気が崩れ、空気が冷え、春雷の稲妻が私の膝を照らした。私は風邪を引いたようだった。毎日、ごほん、ごほん、と厭な咳が出た。併しさいちゃんは確実に日に二度やって来るので、仕事を休むわけには行かなかった。

「眉さん、眉さん。」

ある日、野太い男の声で向いの部屋の戸をたたいている者があった。併し応答はないようだった。いきなり私の部屋の戸が開かれた。私と同い年ぐらいに見える男が立っていた。一見して、極道だということが分かった。

「わしゃ真田いう者やけどの。あんた、すまんけど下のアヤ子が戻って来たら、わしに電話くれるように言うてくれんかの。」

「はあ。」

「あんた、名前はなんちゅうのかの。」

「生島ですけど。」

「そうか。ほんならすまんけど、頼んだで。」

夜になって階下の部屋の戸をたたくと、思い掛けず、私の背後の戸が開いたので、驚いた。顔を出したのは、あの顔色の悪い男だった。

「なんど用かの。」

これこれだと言うていると、れいの男の子が横から顔を出した。

「そうか、そりゃすまなんだの。」

と言って、男は戸を閉めた。

翌日、私の部屋の戸をたたく者があるので出ると、アヤちゃんが立っていた。

「きのうは、どうもありがとう、あれ兄ちゃんなんや。」

と言って笑った。そしてすぐに戸を閉めた。顔を見たのはほんの僅かのことだったので、はっきりした印象ではなかったが、アヤちゃんは疲れ切ったような目をしていた。併し「あれ兄ちゃんなんや。」という言葉には嬉しさが籠もっていて、その温もりがじかに伝わって来るようだった。

私ははじめてアヤちゃんと口を利いた。本来は私のところへ来る筈のない見知らぬ男が、物のはずみで私のところへ顔を出し、不可避的にそうなった。無論、こんなことはよくある瑣事である。が、これは危ういことだ。必要があって口を利くだけならどうと言うことはないが、私はある温もりを感じた。階下へ伝言に行って、彫眉さんとアヤちゃんの関係もはっきり分かった。アヤちゃんは彫眉さんの色なのだ。ほんの僅かのことではあっても、そういう女が胸の内に覚える温もりを、こちらが感じることは、いずれは彫眉さんにも伝わらずにはすまないことだ。

私は神社の境内へ行った。果たして、このあいだの鶏は片目が潰れていた。それを見た時、全身に寒気が走った。

数日後の朝、私が便所へ行く時にはすでに、向いの部屋には人の気配がした。その日は私の目が醒める前から向いでは仕事をしていたらしい。苦痛の声が聞こえた。さいちゃんが来て、彼が帰る時にも、足を止めたのが分かった。

午後、三和市場へ昼飯を買いに行って戻って来ると、向いの戸が半開きになっていた。狭い四畳半に、裸体の男がうつ伏しになって、その背中に眉さんが針を刺しているのが見えた。もっとよく見たいと思うたが、併し立ち止まって見ることは出来なかった。裸体の男の太股《ふともも》から臀部《でんぶ》へ掛けてと、眉さんの痩身の背中が一瞬目に入っただけだった。

「うッ。」「うッ。」という男の声が洩れるたびに、眉さんが息を詰めて針を刺すのが、まざまざと感じられた。

見る、あるいは、見てしまう、というのは凄いことだ。それ迄は苦痛の声を聞くだけだった。私は物語《かた》りの中の鶴が、自分の羽を一本抜いては機物《はたもの》に通し、一本抜いては杼《ひ》を通し、みずからは血みどろになって機織りをするざまを、不意に見てしまったのだ。こちらの部屋で牛や豚の臓物をさばきながら、この賃仕事と、いま向いの部屋から伝って来る仕事の気配を、較べ考えた。私の手も臓物の血と脂で、ぬるぬるである。併し半開きの戸の陰から、たった一瞬だけではあったが垣間見た、あの息詰まるような凄まじさは、「うッ。」「ううッ。」という一針ごとに、こちらの心臓に喰い入って来ずには措《お》かない。人の肌に、いや、人の生霊《いきりょう》に、目を血走らせて針を刺す業苦の息遣いである。併し人はなぜこのような凄惨な苦痛に堪えてまで己《おの》がししむらに墨を入れるのか。そうまで心を狂わせて、己が生に刻みたいあの輝きは何なのか。

廊下に、

「あら、おばちゃん。」

というアヤちゃんの声が聞こえた。セイ子ねえさんが私の部屋へ入ろうとした時、向いの戸を開けてアヤちゃんが出て来たのだ。男の子が、

「くそッ、くそッ、くそッ。」

と言って、セイ子ねえさんの足に抱きついていた。

「おばちゃん、晋平蜂に刺されて、この顔や。」

「あれ、まあ、男前が。」

「学校の帰りに棒で蜂の巣たたいたんやと。あ、何すんのッ。」

こんなやり取りがあったあと、アヤちゃんは近所へ薬を買いに行き、セイ子ねえさんは男の子を連れて入って来た。男の子の顔は目縁《まぶち》と上唇が赤く腫れ上がっていた。しきりに顔をゆがめるのは、相当に痛むからだろう。セイ子ねえさんが手提げから柏餅を出して、

「ほう、こなな顔やったら、晋平ちゃんにこれ上げよか思ても、喰えんな。」

と、からかうと、向きになって、

「僕そんなもん、いらんもん。」

と言う。が、そう言う口の下から、

「内藤くんがきのう蜂の巣見つけた、見つけた言うて、それで今日僕が見つけて、内藤くんはどこで言うてもおしえてくれへんさかい、僕が見つけて。」

と手柄話を始めるのは、やはりセイ子ねえさんに劬《いたわ》ってもらいたいのだろう。

「それで澄子ちゃんが、私、蜂嫌い、晋平ちゃんは、言うさかい、ほんなら僕がたたいたる、言うて、しょうことなしにたたいたのに、澄子ちゃん、わあッ、言うて。あした

藤枝先生に言うたろ、言うたろ、言うて。」

「はあ、そうか、おばちゃん分かったが、あんたその澄子ちゃんたらいう子が好きなんやな。」

「いや、澄子ちゃん、藤枝先生に言うたろ、言うたろ、言うて。」

「藤枝先生いうのんは、うちィ時々呑みに来るあの別嬪《べっぴん》さんの先生かいな。」

「……。」

「晋平ちゃん、あんた女《おなご》に裏切られたんやがな、可哀そうに、その澄子ちゃんたらいう子、性《しょう》の悪い子やな。」

「ううん、澄子ちゃんいっつも僕に折紙作ってくれるのに。」

「ほう、それであんた蜂の巣たたいたんかいな。おおきに、ごっつぉさん。あほくさ。」

　そこへアヤちゃんが薬屋から帰って来た。そして晋平ちゃんの顔に薬を塗ったり、熱取りの湿布をしたりしながら、また一トくさり澄子ちゃんの話がむし返されて、大笑いになった。併しこの男の子はそれはそれなりに、必死の思いで蜂の巣をたたきに行ったに相違なかった。それなのに女の子に思いの外《ほか》の言葉を浴びせられ、顔を腫れ上がらせて帰って来た。ところがセイ子ねえさんに女の子のことを悪く言われると、無邪気なことを言うて庇《かば》っている。だからこそまた笑いを誘うのだが、私の心には、あの、神社の境内に一人でしゃがんでいたこの子の父親の姿が浮かばずにはいなかった。併しその午後は私がここへ来てから、この部屋がはじめて、あるつかの間の温かみを持った日だった。セイ子ねえさんが、

「さ、そろそろ、うちは。」

と言って起《た》ったのを潮に、三人が出て行くと、アヤちゃんの匂いだけが部屋に残されていた。私は窓を開け放った。併し窓の外のすぐ目の前は隣家の壁である。廊下側の戸も開け放したが、アヤちゃんの匂いは容易には消えなかった。セイ子ねえさんが持って来てくれた柏餅を喰うた。セイ子ねえさんが持って来てくれる菓子は、いつも上物の和菓子だった。そこにはねえさんの心づかいが感じられた。が、私はこの部屋へはじめて来た日、ねえさんに手をにぎられたのを忘れてはいなかった。

夜になればいつものように、孤独感が襲って来た。この部屋にはTVもなければ電話もない。無論、手紙も来ない。私がここにいるのを知っているのは、ここの関係者を除けば、私をここへ紹介してくれたあの蟹田という男だけだ。が、私は蟹田については何一つ知らないのだ。西ノ宮の安酒屋にいた時分、そこへ客として来ていた素性の知れない男である。はしっこい目がよく動く童顔の男だった。私はそういう男のささやきに乗ったのだ。ところがここへ来て、まず驚いたのは、蟹田は私の素性について知っていたことだ。東京の生活を捨ててから、私は自分が大学出であることなど誰にも言うたこと

はないのに。が、そんなことはいつも、こちらの知らないところで人には知れているのだ。恐らくは蟹田もここの関係者なのだろう。ここがどういうところなのか、私には分からないが。

夜の闇の中で考えていると、この部屋に漾《ただよ》う肉汁の腐った臭いが鼻を覆った。そろそろ暑くなって来たので、腐臭は夏が近づいた分だけ、さらに烈しくなっていた。夏は腐敗の季節だ。その臭いの中にかすかに、まだアヤちゃんの匂いが籠もっていた。階下の闇の中では、あるいはアヤちゃんは彫眉さんに組みしだかれているだろう。あのいつも物に憑かれたように白目の部分を血走らせて、人のからだに執拗に針を刺している男に。人の生霊《いきりょう》に全精魂を傾けて刺青を刺す男としては、それ以外に己れの罪業を医《いや》しようもない筈だ。

さまざまな「愛の内容物。」がある。神戸のお好焼き屋へはじめて行った時、そこの別嬪のおかみが、「生島さん、魚心があれば水心、言います、あなた一生懸命働いてくれはったら、いずれ、うちがここさすって上げますから。」と言うて、正座した私の膝のあいだへ手を差し入れた。

今夜の隣室はまだ声が洩れて来ないが、いずれ亡者《もうじゃ》の女が、奈落感にさいなまれて、同じように孤独感に打ちひしがれた男を連れ込んで来るだろう。そして互いに生の慰めを求めて色餓鬼の交わりをし、はてたあとは、あの「おつたいがなァ、うろたんりりもォ……。」という得体の知れない呪文を誦《じゅ》し続けるのだ。

併し私はなぜここへ来たのか。なぜあれほど簡単に蟹田のささやきに乗ったのか。無論、出たとこ勝負で生きざるを得なかったということがある。けれども、それだけではない力が私をここへ押し流したのだ。西ノ宮の安酒屋にいた時分、私は絶えずここにはいたくないと思うていた。そう思うのは、神戸にいた時も、その前の京都にいた時も、その前の姫路にいた時も同じだった。いや、この私を次ぎ次ぎに押し流して来た力は、さらにその前の東京にいた時、すでに発生していた。その日その日の広告取りの中に、己れの生命《いのち》を埋《うず》めて行くことに、私はある恐れを抱《いだ》いた。痼《しこ》りを覚え、医《いや》されないものを感じた。そして女にしがみ付くことすらようせずに、己れの無能にしがみ付いた。たちの悪い、難儀な男である。だからこそ東京で身を持ち崩したに相違なかったが。それでは、この尼ヶ崎では、ここにはいたくない、とは思わないのか。

六

「おっちゃん、かこいうて何や。」

晋平ちゃんが部屋へ入って来た。この子供はきのう一度この部屋に入ったので、もう道がついたのだ。

「過去?」

「おっちゃんのこと、お父ちゃんとアヤちゃんが、あれは過去ある男や、言よったど。」

今日は向いの部屋には誰もいない。だから二階へ上がって来たのだろう。彫眉さんが向いで仕事をしている時に、この子が上がって来ることはない。恐らくは止められているのだろうが、あるいはこの子の方で見るのを厭がっているのかも知れない。私は素ッ気ない態度をとることにした。

「おっちゃんの名前、生島与一いうんやろ。」

ぎくり、とした。恐らくは私のことを与《くみ》し易しと見て取ったのだろう。静かに見返したが、怯《ひる》む様子もない。顔にまだ熱取り湿布を貼りつけているが。

「なあ、おっちゃん、花せえへんか。」

晋平ちゃんはポケットから花札の束を取り出した。私は驚いた。

「おっちゃん、面白《おもろ》いで。チンケに負ける豚もある。」

こんな年でもう博奕のすさびを知っているのである。

「晋平ちゃん、おっちゃんいま仕事しよんや、またにしょ。」

晋平ちゃんは意外に素直に出て行った。その後ろ姿を見て、可哀そうなことをしたという気持がいつ迄も尾を引いた。併しそれにしても彫眉さんとアヤちゃんが私のことを話題にしていたとは、やや虚を衝かれたような感じだった。過去ある男、とは、何かしら片腹痛い言葉である。恐らくは映画ででも憶えたのだろうが、併し二人は私の過去に何を読んだのか。格別のことは、会社の銭を使い込んで馘首《かくしゅ》されたとか、その程度のことすらもないのに。もし私に何か語ることがあるとするならば、一人の女が横目に、

「それでは。」

と言って、私に背を向け、国電四ッ谷駅の構内へ歩いて行ったことか。東京の四月に珍しく雪が降った晩だった。私はその去って行く背中を見て、逃げて行く、と思うた。

も一度振り返って、私を見て欲しい、と思うた。けれども、すぐに女の後ろ姿は見えなくなった。併しこんなことは誰にでもある、月並みなことだ。月並みでないのは、東京の四月に雪が降ったことぐらいだろう。何が私から逃げて行ったのか。

いや、そんなことは、セイ子ねえさんが私に語ったことに較べれば、物の数ではない。私にはセイ子ねえさんのように、己れの生の一番語りがたい部分を心に抱いて、なおその生傷を生きて行く、というような「生の内容物。」がない。セイ子ねえさんの自白が恐ろしかったのは、それが私にはないことを知らしめられたからだ。

無論、セイ子ねえさんが私に言葉を預けたのは、私がよそからここへ来た男だからだろう。恐らくはこの無能《スカたん》を何か思い違いしたのだ。それはいい。けれども私に自白したのちのセイ子ねえさんの心は空虚ではないのか。この生島という空っぽの人間に、己れの生の一番語りがたい部分を預けて、救われたのか。私はまだセイ子ねえさんに何一つ返していない。返そうにも、返すたまがないのだ。たとえばセイ子ねえさんが私にそうしたように、もしかりに私の何か語りがたい部分をセイ子ねえさんに語ろうにも、そんなものは端《はな》から私にはないのだ。晋平ちゃんに私が素ッ気ない態度を取ったのも、それと決して無関係ではないだろう。

このアマへ来てから、すでにかなりの数の他者が無遠慮に私の中に闖入《ちんにゅう》して来た。セイ子ねえさんの中を通過して行った男どもの数までも、もし、その私の中に押し入って来た他者たちの中に勘定するならば、おびただしい数の他者である。併し私は明らかに恐れている、ここの人たちに私の方から触れることを。それもじかに触れることを。私はここの人たちに、ただ沈黙を以てむくいて来ただけだった。だが、それ以外にどんな対処の方法があっただろう。

ある晩、突然、隣りの部屋で、

「やあ、どないしたんッ。」

という大声がした。

「へえッ、あんた、こんなもん吐いてからに。」

女の悲鳴に近い声だった。ばたばたと足音がした。すると私の部屋の戸がたたかれて、五十過ぎの女が入って来た。はじめて見る顔だ。

「あんたッ、薬、薬持っとうへんか、血ィ吐いたんや、あの男が。」

女はシュミーズ一枚の姿だ。併しすぐに女は「あッ。」という怯《おび》えた顔をして、隣室へ引き返し、あとを追って私が見に行くと、女は急いでスカートを穿いているところで、そのそばに裸体の男が俯せになって、苦しんでいた。

「覗かんといてッ。」

いきなり女は私を廊下へ突き飛ばし、自分も廊下へ出ると、大慌てで戸に鍵を掛け、息せき切って階段を走り降りて行った。戸の内側からはうめき声が洩れて来る。頭の禿げ上がった男だった。私は自室に引き取って、電燈を消して、息をひそめていた。すると間もなく何人かの足音がどたどたと聞こえ、隣りの部屋へ入って行くと、「ほらッ、お前そっちの足持て。」「あれッ、もう。」「このパンツどないすんねん。」「阿呆んだら、おんどれが持て。」とかいう男と女の入り交じった声がして、またどたどたと、倒れていた男を連れて出て行った。恐らくは病院へ運ぶのではないだろう。

併しまた、誰か上がって来た。一人だ。私の部屋の前で足音が止まった。戸をたたいた。私は暗闇の中で息を殺した。小出刃を手に取った。私の部屋の戸は鍵が毀《こわ》れている。戸が少し開いた。

「どうも、お騒がせしました。」

ドスの利いた声がした。また男の足音がして、階段を降りて行った。

翌日、セイ子ねえさんが来た。いつものように黙ってたばこを燻らせて、横目に私の仕事ぶりを見ていたが、ふと気がつくと、セイ子ねえさんは放心したような目をして、小声で歌を歌っていた。

〽うちはァ　蓮《はちす》の糸繰る　車
　みずち　かげろう　蜘蛛　むかで　来い
　うちはァ　因果の糸刺す　針の先
　奈良の大佛　ふところへ入れて

乳を呑ませた親　見たい

私は下を向いて臓物をさばきながら、じっと聞いていた。セイ子ねえさんの嗄《しゃが》れた小声が心に沁みた。

「ええ歌ですね。」

「そうか。」

セイ子ねえさんは、ふっと歌うのを止めた。俄《にわ》かに気まずい沈黙が訪れた。私は私の正直な気持をはじめて言うたのだが、セイ子ねえさんは冷やかされたと受け取ったらしい。ねえさんは去《い》にしなに、

「あんた、ゆうべはえらい騒動やったんやとな。」

と言った。驚いて顔を上げると、

「気にせんでええで、今日、うちがあの男には挨拶して来たさかい。」

と言った。あの男、というのは、恐らく私がゆうべ暗闇の中で声を聞いた男のことなのだろう。併しあの頭の禿げた男はどこへ連れて行かれたのか。血を吐いたというのは、恐らくは結核だろう。けれども、あの男はどこかへ捨てられたに違いない。背中に火がつけば、病人を捨てることぐらい屁とも思わない生業《なりわい》の男や女たちである。併しこのセイ子ねえさんが挨拶に行ったという事態は、すでに私はセイ子ねえさんによって守られているということではないか。

私はセイ子ねえさんが歌っていた歌を、繰り返し心に反芻《はんすう》した。そうせざるを得ないものがセイ子ねえさんの歌にはふくまれていた。すると、まだ東京にいた時分、四ッ谷駅で去って行った女が子供のころ、のちに自殺した叔母におそわったのだと言って、私におしえてくれた手鞠歌を思い出した。

〽おんきょう京橋　なんなん中橋　あすは十六　お
振袖よ　お化粧なされや　薄化粧なされ　あんま
り濃いのは　人目にかかる　角の格子を細目にあ
けたら　お脂ざらざら　おしろいちらちら　まん
ざいやまんざいや　ゆうべゑびす講によばれてい
ったら　お鯛の吸物　こじょろのききもの　蒔絵
のお盃《せん》で　腰は柳に　いっぱい　おすすらようす
ら　にはい　おすすらようすら　さんばいめには
名なしの権べさん　肴がないとて　お腹だち　腹
は立っても　せんかたないとて　からす川に身を
投げて　身は流れ流れて　そこでおのこがお
んここ　ててしゃれ　まましゃれ

女からほとんど口移しにおしえてもらった、私には忘れがたい歌である。女にとって、叔母さんとは父の妹で、育ての母だった。「その日の午後、叔母は日蝕の起こっている時間に服毒したの。」と言った。年月を聞いて見れば、私にもその日蝕を見た鮮明な記憶があった。少年の日の夏に、小学校からの戻り道に、播州平野の青田の真ン中でセルロイドの下敷きを翳《かざ》して見たのである。無論、その同じ時間に東京祖師ヶ谷で、一人の中年の独身の女が、恋を失い、毒を服んでこの世を立ち去ったことなど知るよしもなかったが。

さいちゃんが夕方に肉を受け取りに来た。いつぞやのことがあってから、さいちゃんが来ると、私の内にはいつもある異様な緊張が走る。が、さいちゃんの方ではあれ以来、何の変化も見せない。まったく何事もなかったかのような素振りだ。併しその日、思い掛けないことがあった。私が冷蔵庫の扉を開けて臓物を取り出していると、後ろで、

「これ呑んでくれや。」

と言って、洋酒の黒い丸罎を畳の上へどんとおいた。私は驚いて、

「あッ、どうも。」

と言ったが、それ以上言葉が出なかった。

四月末の人気《ひとけ》のない午後だった。蠅が音もなく部屋の中を舞っていた。向いの部屋へ誰か客が来ていた。そのうちに誰か出て行った。眉さんらしかった。間もなくアヤちゃんが上がって来て、部屋へ入った。それから大分、時が経って、

「何やてッ、も一遍言うてみィ。」

という、アヤちゃんの鋭い声が聞こえた。

「ほんなら、こんなもん持って去《い》に。うちを女《おなご》や思て、なめとったら承知せえへんで、喧嘩やったら、うちはいつでも買《こ》うたるさかい。」

人のからだがもみ合うような音がし、どんッ、と音がした。

「ま、ま、アヤ子はん、じょ、冗談やがな。」

「こんな気色の悪い銭、持って帰りッ。」

私が血だらけの小出刃を持って廊下へ出ると、そこに五十年配の小商人《こあきんど》風の男が立っていて、男は私の姿を見ると、ぎょッとしたような目をし、振り向きざま、部屋の中のアヤちゃんに、

「よう覚えとけよッ、この、この。」

と言うや、脱げ掛けた片足の靴を引き摺りながら、小走りに出て行った。アヤちゃんが恐ろしい目で私を睨みつけ、ばたんと戸を閉めた。その時、晋平ちゃんが廊下の端に立っていた。私も戸を閉めた。

七

五月連休のある日の午後、アパートの近所のごみ捨て場で、階下に住んでいる老夫婦がまだ使えるものや、まだ食べられるものを捜していた。東京や神戸にいた時分にもよく見た光景であるが、併しここでは、二人がごみあさりをしているようには見えなかった。その淋しい背中は、いつもは階下に息をひそめるようにして暮らしている二人の、敬虔な魂の姿に見えた。空の青さが目に沁みた。

見廻すと、こんな町の中もあたりは花ざかりだった。道端には青草が萌え、つつじが燃え立ち、垣根の内に白山吹の花が咲いていた。歩きながら、私はつつじの花を摘み取って、蜜を吸うた。駅前には仕事のない浮浪者たちの影がうろうろしていた。

外から帰って来ると、戸の隙間から某新興宗教の勧誘印刷物が投げ込まれていた。牽《けん》強附会《きょうふかい》な論理に貫かれた教義説明のあとに、こんな文章が記されているのが私の心に残った。《あなたは一度でいいから火の中へ飛び込んで見るといい。そうすれば、あなたは火が「熱い」ということが、はじめて分かるだろう。あなたは知恵のある人だから、そんなことは飛び込まなくても、分かっていると考えるだろう。しかし「熱い」という言葉を発することが出来るのは、火の中へ飛び込んだ者だけなのだ。その時に発せられるのが、神の言葉である。生命《イノチ》の言葉である。火の中へ飛び込んだこともない者が「熱い」と言ったところで、それは「熱い」という空語、言うなれば生命《イノチ》の通わない言葉に過ぎない。ということは、あなた自身が一番よく知っていることだ。言葉は本来、神のものであった。その時、言葉は真《マコト》を語るものであった。それが人のものになった時から、偽《イツワ》りを語るようになった。ところが具合が悪いことに、人のものになった言葉は、時に真《マコト》を語ることもあるのだった。真《マコト》とは何か、を考えるならば、それは神が嘉《ヨミ》したまうことにほかならないが、何が神の意《ココロ》にかなうことであるかは人には分からないことだった。そうであるがゆえに、人は自慢顔で偽《イツワ》りを語るのだった。もとより人に偽《イツワ》りを語らせるのは、人の中の知恵《サカシラ》にほかならないが、「偽」という文字を分解すれば、「人の為《ナ》す」となるのは意味深い出来事である。しかしそうではあっても、人の言葉が時に真《マコト》を語ることがあるのは、人の中に、人の知恵が及ばない「物」が息をしているからであって、「物」とは、物心、物のはずみ、物語り、物忌み、物の怪、などの「物」であり、この「物」は、時には人を滅ぼすこともあるのである。けれども……。》

連休が終った直後の日曜日の朝、部屋にじっとしていられなくて、外へ飛び出すと、私は出屋敷の町中で紋白蝶が飛んでいるのを見た。おや、と思うて、あとを追うた。併しすぐに見えなくなった。その時、ふと心づいて奈良へ行って見る気になった。奈良盆地のどこかの野をほっつき歩いていれば、蝶の姿を見ることが出来るだろうと考えたのだ。奈良へ行くのは、小学校六年生の修学旅行で行った切りだった。

電車が大和川に沿うて走りはじめると、野山の新緑が私を襲撃するように目に沁みた。途中、法隆寺という駅があったので、発作的にそこで降りた。併しお寺の方へは行かず、田んぼ道が続いている方へ歩いて行った。野は田植え前で、畦道《あぜみち》に蓮華《れんげ》の花が咲き、雲雀《ひばり》が鳴いていた。このごろは麦を作らないので、野良へ出ている人の姿はない。彼方に黄色い菜種の花が咲き、民家の白壁が見え、その上に鯉幟が泳ぎ、さらにその奥に堂塔伽藍の屋根が見えた。こういう風景を写真に撮って、それを飯の種にしている人がいる。だからすでに商品化されたそういう写真の中の風景が頭に焼き付いていて、いま目の前にじかに見る風景に、あらかじめ意味の汚れが付着しているように不快だった。いくら歩いても蝶の姿は見えなかった。

少しくたびれたので、田んぼ道に坐って美しく晴れ渡った空を見ながら、大阪駅で買《こ》うて来たおにぎりを食べた。この空だけは蘇我ノ馬子との確執に疲れ切った聖徳太子が見た空と変らないだろう、と思うと、そういう時が自分に訪れたことに、ある悲しみに似た感情を覚えた。いずれは私もこの世から消えて行くのである。だいぶ時が過ぎたので、道端の鳥の鉄砲で草笛を鳴らしたりしながら、また元来た田んぼ道をぶらぶら歩いて行った。

突然、蛇《くちなわ》が目の前を走ったので、はッとした。私は子供のころから蛇に出逢った場所だけは、なぜかすべて克明に憶えていた。不思議なことだ。それは私の生においてはすべて特別の輝きをもった、生々しい時として記憶されていた。

法隆寺へ続く松並木の道を歩いて行った。すると山門の前に赤犬を連れた、痩せた乞《こつ》食《じき》がいた。赤犬は全身に疥癬《かいせん》を病んで、涎《よだれ》を垂らしていた。

数日後、晋平ちゃんがまた部屋へ入って来た。

「おっちゃん、紙飛行機折って。」

私が昼弁当を求めて帰って来た時、この子はアパートの裏手の空地《あきち》で一人で遊んでいて、私の方をちらと見た。その時、この子が数日前廊下の端に立っていた姿が思い浮かんだ。恐らくはどうかして私に近づきたいのだろう。併しこの子を受け容れることは、実はこの子の背後にひそむ世界へ私がさらに一歩近づくことだ。併しも早この子を拒むことは出来なかった。

「晋平ちゃん、おっちゃん手ェ汚れとうやろ、いま紙飛行機は無理やな。」

「ほんなら、お話しして。」

「おっちゃんは森の中へ捨てられたことある？」

「お話か……。」

「えッ。」

「あのな、今日、学校で藤枝先生がヘンゼルとグレーテルのお話、読んでくれたんや。ヘンゼルとグレーテルは森の中へ捨てられるんや。おっちゃん、なんでヘンゼルとグレーテルには二度目のお母さんが来たん？」

私ははッと胸を衝かれた。

「白雪姫も二度目のお母さんが来たさかい、森の中へ捨てられるやろ。僕が藤枝先生に、なんで、言うて訊いても、さあ、なんででしょうね、言うとんや。」

この子の母の姿が、私の目に映った。顔は浮かばないが、その濃い影が映った。この子はグリム童話の「ヘンゼルとグレーテル」や「白雪姫」を読んでもらって、その話の底に隠された、母に捨てられる子の物語というもう一つの主題を読んでいるのだ。

「晋平ちゃん、ヘンゼルとグレーテルの二度目のお母さんも白雪姫の二遍目のお母さんも悪い人やったさかい、子供を森へ連れて行ったんや。理由はそれだけ。晋平ちゃんにはアヤちゃんがおるが。」

「アヤちゃんは僕のお母さんと違《ちゃ》うもん。」

「そうか……、ほんなら姉さんや。」

「ううん、あの女は姉さんと違う《ちゃ》。」

あの女、という表現が私を刺し抜いた。迚《とて》も子供の言葉とは思えなかった。

「ほんなら何や。」

と、むごいことを尋ねたい衝動に駆られた。この子はこの子で己れの生の一番深い部分を語っているのだ。神社の境内に一人でしゃがんでいた眉さんの姿が浮かんだ。この子の母親は彫眉さんと生き別れしたのか、死に別れたのか。いずれにしても、この子としてはすでに、何がしかは森の中へ捨てられたような気持を抱《いだ》いているのだろう。私は思い切ってこの子の心にじかに触れて見ることにした。

「晋平ちゃんのお母さんは、どないしたん。」

「あのな、藤枝先生もうじき王子さまと結婚するんや。今日僕らに、灰かぶり姫、読んでくれてそない言うたもん。灰かぶり姫の名前はシンデレラ姫いうんや。」

凄い気働きをする餓鬼である。それにしても子供たちにグリム兄弟の残酷童話を語り聞かせたあとで、わが身のシンデレラ物語を口にするというのは、何と見事な女の性《さが》だろう。「灰かぶり姫」も継子《ままこ》虐《いじ》めの物語である。晋平ちゃんはそれも承知で私から身を躱《かわ》したに相違なかった。

先達てアヤちゃんが小商人風の男に咬みついたあと、向いの部屋へ眉さんは上がって来ない。アヤちゃんの姿も見ない。隣りの部屋へ女が男を連れ込んで来ることも、あの夜以来なくなった。そして、セイ子ねえさんも来ない。

　人の訪れは日に二度、さいちゃんが来るだけだ。私はさいちゃんがおいて行った洋酒の封をまだ切っていなかった。電気冷蔵庫の上においたままだ。さいちゃんが来れば、当然、それは目に入る。封を切らないでいつ迄も放置しておけば、いつかまたそれでどんな因縁を吹っかけられないとも限らなかったが、併し不用意に封を切って呑んでしまうのも、また何かしらためらわれた。それでいて私には、その洋酒の罎をさいちゃんの目が届かないところへ隠してしまう気は、いささかもなかった。封を切るにしろ切らないにしろ、さいちゃんの目に入るところにおいておきたかった。それがさいちゃんに対する礼儀だと思われたし、もしまた何か言われれば、それがきっかけになって、さいちゃんとこの部屋でいっしょに呑むというようなことにならないとも限らなかった。私はそれを私《ひそ》かに待っていた。併しさいちゃんは来るたびに、ちらと罎の方を見遣《みや》るだけだった。

　ある日、アパートの横の露地に蕺草《どくだみ》の白い花が咲いているのが目に入った。私にはある特別の思い出のある花だった。茎を根元から引き千切ると、蕺草に特有の胸の悪くなるような匂いが鼻を刺した。部屋へ戻ると、私はさいちゃんからもらった洋酒の罎の封を切り、一トロロ呑みにした。そして残りを流しへどくどくと流し、空《から》になった罎に水を差した。蕺草の花を一輪挿しにして、冷蔵庫の上においた。その夕、さいちゃんが来た。併しさいちゃんはいつもと同じようにちらと見ただけだった。

何日ぶりかにセイ子ねえさんが来た。当然、冷蔵庫の上の白い花の方へまず一番に目を遣《や》った。

「ほう、あんた。」

と言った。私にはそれが意外だった。一応は驚きの声であるが、底意が知れないのがこの女である。私はセイ子ねえさんはこの花に目を遣っても、取り敢えずは無視するだろうと思うていた。ところが、一応は感嘆の声を出した。私はこの前セイ子ねえさんの歌を耳にしてから、この次ぎねえさんがここへ来たら、あの歌のことを尋ねて見たいと心に決めていた。

「あの、決して冷やかす積もりはないんですけど、こないだおねえさんが歌《うと》てはった歌、私、心に残りました。」

「さよか。」

「ええ歌です。私、ノオトに写させていただきました。」

「あんた、気色の悪いことする人やな。」

「えッ。」

「はて、そうやろ、この花かてそうやがな。ええなりして、こなな少女趣味みたいなことしてからに。」

「………。」

「あんた、晋平ちゃんの折紙といっしょやがな。」

「そうですか……。」

「あんたには未《いま》だにそれが分かってへんねん。うちはそれに業《ごう》が沸く。あんた、蟹田みたいなあなな男の口車に乗って、こんなとこへ来て。一体どない思とんや。」

セイ子ねえさんの声はだんだんに怒気をおびて来た。

「あんた日に日に、ここで牛や豚のはらわた切り刻んどって、それでほんまにええんかいな。あんたには、ほかにすることがあるやろ。」

「いえ、お言葉を返すようですが、私はおねえさんの歌、ほんまにええ歌や思たんです。自分がそない思たこと、どないしてもおねえさんにお伝えしたい思て。」

「そうか。それやったら、こないだ一遍聞いたがな。」

セイ子ねえさんは憮然たる顔をした。

「うちはな、パン助上がりやで、てんがい、てんがう言わんといて。」

「いえ、てんがうと違います。」

という言葉が、思わず口まで出掛かったが。

「あんたそれやったら、なんで黙っててくれへんねん。言うてもたら、それで仕舞いやがな。」

「はあ――。」

「うちは仕舞いでもええねけど……。ところで、うちは今日はあんたに頼みがあって来たんや。いま昼の十二時半やろ。あんたそろそろ飯喰いに行く時間やろけど、一時十分ほど前になったら、ほれ、出屋敷の駅の前に公衆電話ボックスがあるやろ、あン中に何冊か電話帳がおいてあるが。」

「ええ。」

「そしたら、その一番下の電話帳の中に一萬円札が五枚挟んである。それを一時かっきりになったら、あのボックスへ行って、人に見られんように取って来て欲しいんや。」

「見られんように言やはっても、あそこはすぐ目の前に改札口があるし……。」

「そやから、うちはあんたに頼みよんやないか。」

「……。」

「いやか。」

「分かりました。」

私はすぐに部屋を出ようとした。するとセイ子ねえさんは私の服の裾をつかんで、

「阿呆ッ、一時十分前まではここにおんねや、それからそうっと走って行くんや。」

と言うた。これは覚醒剤《シャブ》密売の代金回収に相違なかった。神戸にいた時の聞き憶えで、
そう思うた。それから一時十分前になる迄のあいだ、私は黙って色の褪せた畳の目を見

ていた。セイ子ねえさんも押し黙っていた。それはいつもとそう変らないことではあったが、併しその押し黙って唇を嚙んだ険しい目付きにはただならぬものが感じられた。やがてその時が来て階下へ降りて行くと、アパートの横の露地に思い掛けず、さいちゃんともう一人、私の知らない中年の男が立っていた。それを見て、

「あ、どうも。」

と思わず声が出た。この自分の声に腹が立った。さいちゃんは「おッ。」と言うような感じでうなずいたが、男は横を向いて、片手をズボンのポケットへ不自然に突っ込んでいた。

表の通りへ出た。いつも見狎《みな》れた、活気のないたたずまいである。併しあたりの空気がいつもとはまったく異なり、張り詰めたものに感じられた。私は駅の方へ歩いて行った。五月末の真昼の光が、恐ろしい明るさに感じられた。さいちゃんたちが恐れているのは警察なのか、別の組の者なのか。併し私が一つだけ心に決めていたのは、電話ボックスへ入っても、電話を掛けるふりをするとか、そういう偽装工作は一切しないことだった。あとは野となれ山となれ、である。

だが、駅前へ行って見ると、予想だにしていなかったことにぶつかった。電話ボックスの中には野球帽を被った職人風の男が入っていた。これは当然あり得べきことなのに。やはり頭の一部分に空白が出来ていたのだ。私は電話ボックスの前に並ぶかどうか、迷

うた。そこに立てば、どこかからこの電話ボックスを監視しているかも知れない目に、私の姿をより多くさらすことになる。けれどもその目を捜してこちらが、きょろきょろすることは、さらに愚かなことだろう。

私は電話ボックスの前に立った。中の男がちらと私を見て、背を向けた。男の膝のあたりに電話帳が三冊積んであった。駅の時計を見ると、すでに一時二分前である。と言うことは、セイ子ねえさんの話では、すでに電話帳の中に銭は挟んであるということになるが。駅の時計は一時二分を過ぎた。私はいらいらした。長電話だった。わずか四分ほどのことなのに。こちらの目に見えないところから、恐らく私を注視しているであろう目を、全身の毛穴に感じた。

私は一心に男の背中だけを見ていた。堪えがたい息苦しさである。五月の真昼の光が、さらに恐ろしい明るさに感じられた。いつどこで何が起こるか知れないのが人の生である。まったく関係のない人の目には、一人の男が電話ボックスの前に立って順番を待っている、ただそれだけの平凡な光景だが、併しそれにしても、この目の前の明るさは、何と言う眩しさだろう。一時九分が過ぎた。あッ、と思った。不意に男が出て来た。男の顔が克明に見えた。

私は電話ボックスの中へ入った。慌てて一番下の電話帳を引き出した。すると想いもしないことに、上の二冊が私の足許へ落ちた。ぞッとした。その時、誰かが電話ボックスの外に立った。若い男だ。頭のてっぺんから足の先まで、冷気が駆け抜けた。顔の作りを左右から強い力で押し潰したような人相の男だった。電話帳の頁《ページ》をはぐる手指が空《から》滑りしていた。不意に一萬円札が目に入った。それを鷲摑《わしづか》みにするや、振り返って電話ボックスのガラス戸を押した。若い男の顔がまた克明に見えた。併し押す場所を間違えたガラス戸は開かなかった。心臓が高鳴った。

ようやく外に出ると、あたりの空気がさらに明るく、逆巻いているように見えた。喉がからからだった。誰かにつけられているような気がして、急ぎ足になった。ふと気がつくと、私はまだ手に一萬円札を鷲摑みにしたままだった。慌ててズボンのポケットへねじ込んだ。ねじ込んでから、はッ、と気がつき、またポケットへ片手を突っ込んで、急ぎ足になりながら枚数を算《かぞ》えた。すると、出掛けにアパートの横の露地で見た男の片手のことが浮かんだ。それが歯嚙みするほど忌ま忌ましかった。足が滑った。わけの分からない魔に怯《おび》え、気が動転し、後ろを振り返った。いつもの見狎れた駅前通りの光景が目に入った。が、それはまたいつもの見狎れた光景ではなかった。後ろから歩いて来る男がいた。私をつけて来るような気配ではないが、併しどうしても急ぎ足になってしまう。そんな歩き方では、札が五枚あるのかどうか、どうしても確かめられなかった。私はたまらなくなって、ポケットから金を取り出した。算えた。五枚あった。なんや、これ、と思うた。自分で自分に小馬鹿にされているような気がした。また金をポケットへねじ込んだ。

アパートの横の露地へ入ると、さいちゃんももう一人の男も姿が見えなかった。日陰へ入ったので、私は全身にびっしょり汗をかいているのが分かった。それが不快な屈辱感として残った。部屋へ入ると、セイ子ねえさんが正座で坐っていた。腰を浮かせながら、

「あ、あんた。」

と言うて、私の顔を見た。そして膝をくずし、かすかに安堵のため息を洩らしたようだった。どうやら、セイ子ねえさんは私が駅前へ行っているあいだ、ずっと正座して待っていてくれたらしい。私は、はあ、はあ、息を吐きながら、ポケットから金を取り出した。

「どうも、あんたにはすまんことさせたな。」

「いや、ええんです。」

「こんなわずかな銭のことでな。あとでやっぱしうちが行けばよかったかな思て……。」

「いや……。」

その時、私はふと、セイ子ねえさんが週に一、二度ここへ来るのは、いつもは自分でこういう用を果たすためではないだろうか、と思うた。それは十分考えられることだ。

併しそれはどうあれ、私はセイ子ねえさんが私が電話ボックスへ行っているあいだ、正座して待っていてくれたことに、感謝に近い気持を覚えた。

翌朝、さいちゃんはいつものように鳥肉と牛豚の臓物を持って来た。この男の見事なところは、前の日に何があろうが、そんなことはまったくなかったかのように振る舞えることである。併し私はそれが物足りなかった。私は狙い澄ましたように、

「さいちゃん。」

と、声を掛けた。さいちゃんはぎょッとしたような顔をした。

「こないだ、お酒どうもありがとう。」

「えッ、あんなもん。」

「こんど、ここでいっしょに呑みませんか。」

「いや――。」

さいちゃんは私の言葉を断ち切るように出て行った。

八

下の雑貨屋の主人は、眠り猫のような目をした女である。ここへ来た当座、流し用の洗剤を買いに行くと、私の目の前で生卵を呑み込んだ。それ以来、私は下の雑貨屋へ行ったことがない。

私は三和市場へ石鹼・剃刀の替え刃その他を買いに行った。世を避けて生きていても、やはりそういうものはいるのである。市場を出ようとするところで、アヤちゃんが軒下に立って、雨傘を開く姿を見た。アヤちゃんの姿を見るのは何日ぶりかのことだった。アヤちゃんはアパートへ帰るのとは逆の方向へ曲って、そこから阪神尼ヶ崎駅の方へ続く、淋しい裏通りを歩いて行った。私はその後ろ姿を見ていた。するうち私も傘を開きアヤちゃんの背中を見ながら、歩き出していた。しばらく行くと、不意に胸がどきどきしはじめた。あとをつけて歩いている、という意識のせり上がりが、そうさせるのだろう。アヤちゃんの雨傘は華やかな赤の花模様で、肩に乱れる黒髪が見えた。一丁ほど歩いたところで、アヤちゃんが左へ曲った。私は走り出したい欲望に囚われた。が、それを抑えて歩いた。アヤちゃんが曲った角まで来ると、左を見た。アヤちゃんの姿はすでになかった。

私は尼ヶ崎中央商店街へ出、文房具屋で十二色入りクレヨンと画帖を求めてから、帰った。下の雑貨屋の女主人がいつものように眠り猫のような目で、私の買物袋を見た。深い考えもなしに、アヤちゃんのあとをついて歩きはじめ、歩きはじめてから不意に覚えたあの胸騒ぎ。そして、アヤちゃんの姿が見えなくなった時の、あの空虚。あれは人の中に言葉が発生するところに立ち現れるものではないだろうか。けれども私には、そろそろこのアマを立ち去らねばならない時が近づいているのではないか。いわれもなく、そんなことを思いながら、私はまた部屋で臓物をさばきはじめた。窓の外には絶え間なく雨だれの音がしていた。

セイ子ねえさんが来た。

「日に日によう降るな。」

と言うた。私は「あれ。」と思うた。セイ子ねえさんが入って来て、こんなお愛想を言うたのは初めてだ。

「雨の降る日は、うちは気がくさくさする。」

私はふと「雨は愛のやうなものだ。」という中野重治の詩の一節を思い出した。この年になっても、愛とかいつくしみとか、そんな言ノ葉の内容物はまだ何も知らないのに、こんな他人の言説だけはいっぱい頭に入れているのである。

「あんた、こないだうちの歌、ええ歌や言うてくれたな。」

「あッ、どうもすみません。」

「いや、ええね。」

その時、私はセイ子ねえさんはわずかに酒気をおびているのを感じた。

「あんたは厭《いや》な顔一つせんと、うちの代りに行ってくれたが。」

「いや——。」

「一つ間違《まちご》うたら、あんた袋叩きの目に遭わされとったんやで。」

「はあ。」

「あななちっとばかりの銭のことで。うちはあんたのお陰で救われたが。」

「そうですか、私は臆病者《もん》ですさかい、えらいびくびくして。」

「いや、人はみなそうやがな。うちかてそうやからこそ、あんたに頼んだりしたんや。えらいすまんことしてからに。」

「いや、私は。」

「うちはあんたをあななことに使いとうなかった……。ここで、も一遍、歌歌《うと》うてもええか。」
私は驚いた。
「あんた仕事しよんのに、えらいすまんな。」
「いえ、私は。」
セイ子ねえさんは雨だれの音を聞きながら昼から酒を呑み、何かいたたまれない思いを抱いてここへ来たに相違なかった。無論、誰だって尻の穴からそれに似た油を流して生きているのであるが。
〽お銀　九十九で　熊野へ嫁入りしようとおしゃる
嫁入りする前に奥歯が抜けた
奥歯抜けても前歯がござる
前歯二本にお鉄漿《はぐろ》つけて
白髪《しらが》三筋に簪《かんざし》さして
赤いべべ着て　ゲンコラゲンコラ
「これ、うちが生れた伊賀の国の歌や。」
「面白いですね。」
「そうか、うちもお銀みたいに九十九で嫁入りせんとも限らんしな。」
私は「あはは。」と笑った。が、意地でも仕事の手だけは休めなかった。セイ子ねえさんは酔うてはいても、それほど甘くはない女である。

「なんやいな、そなな顔して。」

〽西行はん　西行はん　水無川を渡る時　蒟蒻《こんにゃく》の背骨で足突いて　豆腐の奴で喉焼いて　何をつけたらなおるやろ　海で採った椎茸と　山で採った白わかめ　畠にはまぐり　夏降る雪を　火ィで焙って　それやつけたらなおるやろ

歌はいずれもばれ歌である。先日耳にした蓮《はちす》の糸の歌とは味わいがかなり違っていた。が、歌詞はそうではあっても、その嗄《しゃが》れた声の旋律には、まぎれもなくセイ子ねえさんの悲しみの霊が籠もっていた。セイ子ねえさんの喉もすでに、今となっては言うに言えない心のすさびで焼け爛《ただ》れ、その爛れた喉で、こんなばれ歌を歌っているのに相違なかった。私は「ええ歌ですね。」というお愛想など言えなかった。ねえさんは歌い終ると、何も言わずに帰って行った。その素振りには、私のお愛想など聞きたくもないという強さがあった。

近所の食堂へ晩飯を喰いに行ったが、客は私一人だった。目の前にＴＶがおいてあって、二十世紀の戦争や革命によって地球上に生み出された難民の歴史を、ドキュメンタリー・フィルムに編輯《へんしゅう》したものを流していた。この世に居場所を失った数千萬人もの人の列が、雪の荒野や砂漠をさ迷い歩いていた。その白黒のフィルムを見ていて、失業することは、流民になることだ、と思うた。

九

向いの部屋はこのところ、ひっそりしていた。まったく客は来なかった。従って眉さんの姿も見なかった。けれども、隣りの部屋にはまた女が男を連れて来るようになった。あの「おつたいがなァ、うろたんりりもォ……。」という呪文のような、経文のような文句をまた耳にした。闇の中でそれを聞きながら、私はセイ子ねえさんの嗄《しゃが》れた小声で歌う歌を思わないわけには行かなかった。同じく絶望を、物のあわれに堪えかねた心を、口ずさみにしているのであるが、この低い抑揚をつけた呪文には、「ええ念佛ですね。」とは言えない何かがあった。セイ子ねえさんもかつてはこういう生《なま》な呪文を心に誦《じゅ》しながら、男に女陰《ほと》を舐めさせていたに違いなかった。人が人であることとは、辛いことである。その悲しみに堪えるところから、あるいはそれに堪え得ないところから、それぞれ、人の言ノ葉は生れて来るのだろうが。

思い掛けず、アヤちゃんが部屋へ入って来た。

「あんた、これ食べへん。」

ガラス鉢に盛った櫻桃だった。洗い立ての水滴がついていた。

「どうも、ありがとうございます。」

アヤちゃんは横坐りに坐って、たばこを出した。私は数日前このアヤちゃんのあとをつけて歩いたことを思い出した。

「あんた、こんなとこで毎日毎日こんなことしとって。伊賀屋のおばちゃんが言うてたよ。」

「何を。」

「あれでええんかいな、言うて。」

「ええんです。」

「そう。」

アヤちゃんは目を伏せた。この女の目はいつもきらきら輝いている。が、目を伏せた時に、きわだって暗いものがその表情に現れる。あるいは自分では鏡の中に覗き見ることは出来ない表情かも知れないが。

「あんた仕事の手ェ休めて、これ抓《つま》んだら。」

「はあ、ありがとうございます。」

私は櫻桃を一つ抓んだ。そしてアヤちゃんの胸のふくらみを見た。

「あんた、なんでこんなとこへ来たん。」

「なんで言われても……。」

「そら言えへんわよね。」

「いや——。」

「おばちゃんが面白いこと言うてたわよ。」

「何て。」

「あの人、古代の少年のミイラが、今の世に生き返ったような人や言うて。」

私は苦笑いした。

「あれでは今の時代に生きていけん、言うて。あんた、こないだ相当にちょっとおたおたしたそうやないの。」

「はあ、知ってはるんですか。」

「そら知ってるわよ、うち見てたもん。」

「えッ、どっから。」

併しアヤちゃんは意味ありげな目をしただけだった。もしそれが本当なら、この女にとってはさぞや面白い見物《みもの》だったことだろう。

「けど、あんたは命懸けでおばちゃんを救うて上げたんよ、ほんまに。」

「いや、私は。」

「だけど、そうなんよ。ところで四、五日前、あんたうちのあとつけて来たわね。」

私は、あッ、と息を呑んだ。アヤちゃんは鋭い目をして、

「あなた、あんなことせん方がええわよ。」

と言った。私は声が出なかった。アヤちゃんは目を据えたまま、

「皆んな、あなたのこと見てんねやから。」

と言った。そしてたばこの火を揉み消すと、も一度私をちらと見て出て行った。

私はいきなり私の正体がさ迷い出すような衝撃を受けた。夕刻に、さいちゃんが来る迄、仕事が手に付かなかった。目の前には櫻桃のみずみずしい輝きが残されていた。私は何か取り返しのつかないことをしたのだ。記憶の中で、雨の中を歩いて行くアヤちゃんの背中に深い畏れを感じた。いまさら謝ってもすまないことであるし、夕飯後に櫻桃を食べたが、どの粒にもどの粒にも味がなく、その味のなさが骨身に沁みた。私がアヤちゃんのあとをつけて歩いたことが、もし彫眉さんの耳に入ったら、どうなるのか。

翌日の昼食時に、思い切って階下へガラスの器を返しに行くと、戸を開けたのは、私の見知らぬくすぼり風の若い男だった。はッとした。アヤちゃんが部屋の中にいるのかどうかは分からなかった。外へ出ると、あたりの風景が先日の昼間にも増して殺気立っ

て見え、目に入るすべての物陰から、誰かが私を監視しているような気がした。

十

「おっちゃん、紙飛行機折っといてくれたか。」

晋平ちゃんが部屋へ入って来た。私はこのあいだ「折っといたる。」と口約束していたのだ。が、先達て晋平ちゃんがおいて行った何かの包み紙は、まだそのままだった。晋平ちゃんはその紙をちらと見、次ぎに私の顔をちらと見て、黙って部屋を出て行った。

私は晋平ちゃんのために紙飛行機を折った。十二色入りクレヨンと画帖を求めたのも、晋平ちゃんが喜ぶだろうと思うたからだった。併しいまさら何をと思わないわけには行かなかった。頭の中で早速に晋平ちゃんへの言い訳を組み立てている自分が、さもしかった。そういう点では私はすでに決定的に小《こ》狡《ずる》い大人だった。

私は押入れから先日求めたクレヨンを取り出して、十二色の色の並びを眺めた。それを求めたのは、子供の頃、叔母に思い掛けずそれと同じ十二色入りクレヨンを買ってもらって、えらく嬉しかった記憶が甦ったからだった。ある時、その思い出を知人に話すと、「いやァ、実は僕もそうなんですよ、クレヨンというのは不思議なものですね。」と言った。たしかにクレヨンには人の心を一瞬明るくするものがある。

小学校の図画の時間に、私がクレヨンで花菖蒲の絵を描いたら、どういう事情か知らないが、その絵が日本の小学生を代表して、ドワイト・デイヴィッド・アイゼンハワー元帥のアメリカ合衆国大統領就任祝いにホワイト・ハウスへ贈られた。日本の被占領時代は終ったとは言え、日本人にまだアメリカの属国意識が強かった時分のことである。大人たちがそれを報じる新聞を手にして口々に何か言うていた。その時、私は自分の名前が世に喧伝されることの快楽を初めて味わい、そして毒を身に浴びた。当時小学一年生だった私にとっては思いも掛けないことだった。

その後、二十年余を経て、このようなアマの陋屋《ろうおく》に逼塞《ひっそく》して暮らすようになって見れば、うたかたの思い出に過ぎないが、併しこんなことを思い出すというのは、私の中にまだ色濃く毒が残っているということだろう。

私は階下へ降りて、晋平ちゃんの姿を求めた。露地にはいなかったので、部屋の中かと思ったが、併し部屋を訪ねるわけには行かなかった。気晴らしに裏の空地《あきち》へ行った。するとそこに晋平ちゃんの頭が見えた。そこは建築資材が放置してあるようなところで、晋平ちゃんは土管が数本立ててある中の一本を、踵《かかと》を浮かせるようにして上から覗いていた。私が後ろに立つと、はッとしたように振り返った。

「何見よんや。」

「見たら、あかんッ。」

思い掛けない鋭い声が返って来たので、私は驚いた。

「ほら。」

私はそう言うて、手に持っていた紙飛行機を天に飛ばした。晋平ちゃんは「わッ。」と言うような声を出して、紙飛行機を追って行った。その隙に土管の中を覗いた。大きな蝦蟇《がま》が底にうずくまっていた。紙飛行機を拾った晋平ちゃんが振り返りざま、

「おっちゃん見たやろッ。」

「何を。」

「蝦蟇ァ。」

「へえ、こん中には蝦蟇がおるんか。」

晋平ちゃんは「しまった！」という顔をした。

「ほんなら、おっちゃんにも見せてくれや。」

晋平ちゃんは走って来て、土管を守るような仕種をした。蝦蟇は人の頭蓋骨ぐらいはある大きさである。

「おっちゃんが見たら死んでまうッ。」

「晋平ちゃんは必死の声を出して、両手を広げた。この蝦蟇はもう何日この土管の中に閉じ込められているのか知らないが、私に見られたからには間もなく死ぬだろう。晋平ちゃんは歯を喰い縛って、両手を広げていた。

私が部屋でまた臓物をさばいていると、晋平ちゃんが入って来た。

「おっちゃん、言うたらあかんど。アヤちゃんに言うたらあかんど。」

「何を。」

「あの蝦蟇のこと。」

「言わへん。わしは見てないし。」

晋平ちゃんはようやく安心したような顔をした。

「きみがあの土管の中へ入れたんか。」

「そうや、僕が手ェで捕まえたんや。」

「ほう、ごっついの。」

「うん、ごっついやろ。こんなんや。」

晋平ちゃんは両手で大きさを示した。

「ほう、ほんならわしにも見せてくれや。」

「あかんッ。おっちゃんが見たら死んでまう。」

「なんでや。」

「なんででも……。見られたら死んでまうんや。」

この子はあの大きな蝦蟇を、平気で手でつかんで土管の中へ放り込んだと言うのであるが、餌はどうしているのだろう。

「晋平ちゃん、そこにクレヨンがあるやろ。」

晋平ちゃんは振り返った。

「それ、きみに上げよ思て。」

晋平ちゃんはじっとクレヨンと画帖を見ていたが、手に取って見ようとしなかった。

「どないしたんや。」

「僕、絵ェ描くん嫌いやもん。」

私ははッとした。彫眉さんが白目を充血させて人の肌に刺す刺青が目の前に浮かんだ。何と迂闊《うかつ》なことだっただろう。晋平ちゃんも恐らくは自分の父親が刺す絵のことを想い浮かべたに相違なかった。私はクレヨンと画帖を求める時、そんなことは考えても見なかった。自分が子供のころ、叔母に思い掛けずクレヨンを買ってもらった時の嬉しさばかりを思い描いていた。

その夜、私はあの土管の中の蝦蟇を逃がしてやろうかと考えた。が、すでに私に見られてしまったあの蝦蟇は、死すべき運命にあると考えて、寝床へ入った。併しそう考えて横になったものの、晋平ちゃんがなぜおっちゃんに見られたら死んでまうと言ったのか、なぜアヤちゃんに言うたらあかんと言ったのかがいつ迄も気になって、眠れなかった。言葉というものの不思議な恐ろしさが、私の魂を炙《あぶ》り出すようだった。

私はまた電燈をつけた。そして晋平ちゃんが受け取らなかったクレヨンで鳥の絵を描いた。古里の播州平野の蓮池でよく見た、肩をすぼめた青鷺《あおさぎ》の絵を描いた。

その翌日は晋平ちゃんが学校へ行っているあいだに、裏の空地へ行った。心が戦《おのの》いた。併しまた蝦蟇を見た。蝦蟇は土管の底にじっとうずくまって、死を待っていた。その夜もまた息を詰めて青鷺を描いているうちに、ふと、戎神社のあの片目を潰された鶏のことが心に浮かび、盲《めしい》の青鷺を描いた。描き上げて見ると、自分の描いた絵に烈しい息づかいが現れているのを感じた。

十一

恐らくはさいちゃんがどぢを踏み、その尻拭いをセイ子ねえさんがせざるを得ないことになって、私が電話ボックスへ行ったに相違なかった。私はその辺の正確な事情を知りたいとは思わなかった。けれども、さいちゃんとは一遍いっしょに呑んで見たいとは思うていた。ところが、さいちゃんの方ではいつもの何事もなかったかのような態度を崩さなかった。私はこの男は駄目だと思った。

久しぶりに彫眉さんの姿を見た。近所の飯屋へ遅い昼飯を喰いに行くと、そこで、眉さんが一人で貝の佃煮のようなものを抓《つま》みながら黙って酒を呑んでいた。咄嗟に、先日アヤちゃんのあとをつけて歩いたことが思い浮かんだ。目が合ったので軽く目礼したが、眉さんは目礼されたことがうるさいという風だった。私は恐れた。この人に先日のあのことが知れたら、どうなるのか。アヤちゃんは恐らくは言うことはないだろうが、併し私のことを見ていた者があるとしたら、いつどこからこの人の耳に入らないとも限らない。アヤちゃんもこの辺では、いや、恐らくはどこへ行っても、絶えず人の目を惹く女である。私は味のない飯を喰うた。

部屋へ戻ってまた臓物をさばいていると、晋平ちゃんが入って来た。

「おっちゃん、あのクレヨンどないした。」

「あれか、きみがいらん言うさかい、おっちゃんがあれで絵ェ描いた。ほら、そこにあるやろ。」

「あッ、アヤちゃんや。」

「え？」

「アヤちゃんの背中も鳥の絵や。」

晋平ちゃんは、アヤちゃんの背中には何か鳥の絵柄の刺青が彫ってあると言うたのだ。白い女身に化粧《けわい》された物狂おしい刺青が浮かんだ。同時に、私は先ほどの気まずい昼飯を思い出した。二枚の絵のうち、晋平ちゃんの目も盲《めしい》の青鷺の方を見ていた。

「おっちゃん、この絵ェ、アヤちゃんに見せてもええ。」

「あかん。」

雨の中を歩いて行くアヤちゃんの背中が浮かんだ。

「なんで。見せるだけや。」

「あかん。その代り、そのクレヨンは晋平ちゃんに上げる。」

「僕、絵ェ描くん嫌いやもん。」

「………。」

「僕、お話は好きやけど。」

私がしばらく黙っていると、晋平ちゃんは出て行った。私はクレヨンも絵も押入れに片付けた。アヤちゃんの白い裸身は、あの、生霊《いきすだま》がうめくような刺青の苦痛に堪えたのだ。アヤちゃんは目を伏せた時に、どうかするときわだって暗いものが現れる。あるいはあの表情こそが、アヤちゃんの中にひそんでいる生霊《いきりよう》の顔なのだろう。仕事をしながらそんなことを考えていると、晋平ちゃんが顔色を変えてまた部屋へ入って来た。

「おっちゃん、僕の蝦蟇《がま》見たやろッ。」

「えッ。」

「蝦蟇が死んだどッ。」

「………。」

「僕の蝦蟇見たやろッ。」

「見た。」

「糞ッ。」

と叫ぶや、いきなり晋平ちゃんは私の顔へ石を投げつけた。

「あッ。」

と思った瞬間、石が私の目尻に当った。血が噴き飛んだ。右の目尻だった。晋平ちゃんが廊下を駆けて行く音が聞こえた。顔を覆った私の片手にべっとり血が付いた。

翌日の午後、アパートのすぐ前の路上で、どこかから連れ立って帰って来た彫眉さんとアヤちゃんに逢った。咄嗟に、アヤちゃんの白い女身が浮かんだ。アヤちゃんは私の顔の厚いガーゼを見て、

「あれ、その顔。」

と言って、近寄って来た。

「いや——、ちょっと足を滑らしまして。」

「どこで。」

「あの、ちょっとその辺で。」

「嘘つけッ。」

眉さんが鋭い声を出して、私を見た。アヤちゃんが驚いて、眉さんと私を見較べた。私は恐ろしさで竦《すく》み上がり、ぞッと全身のうぶ毛が立った。が、眉さんはそのままアパートの横の露地へ歩いて行った。アヤちゃんが軽くガーゼに触れて、

「あんたほんまはこの顔どないしたん。」

「いや……。」

「誰どに殴《や》られたん。」

「あの——。」

と私は、口ごもり、

「失礼します。」

と言うて、三和市場の方へ歩いて行った。後ろでアヤちゃんが、

「なにッ、あれ。」

と言うのが聞こえた。眉さんがどの程度事情を知っているのかは分からないが、晋平ちゃんが眉さんにだけ話していたのは、私には不意撃ちだった。それにアヤちゃんだっていつ何時《なんどき》気が変って、眉さんに私があとをつけて歩いたことを言い出さないとも知れなかった。市場へ行った帰りに裏の空地へ行って見ると、土管が押し倒され、蝦蟇が地べたに白い腹を見せて死んでいた。

部屋で晩飯の弁当を喰うていると、セイ子ねえさんが息を急かせてやって来て、私の顔を見るより先に、

「あんた、誰どに殴《や》られたんやとなッ。」

と言うた。目を据えた物凄まじい般若《はんにゃ》顔だった。

「いや、あの、大したことないんです。」

「どれ、あんた目ェ殴《や》られとうやないか。」

「いや、目ェは大丈夫です。」

「そうか、ほんならええけど。うちはまたあんたが血みどろになって薬屋へ来たいうて聞いたもんやさかい、えらい心配するやないか。誰に殴《や》られたんや、うちが話つけたる。誰に殴《や》られたんか言うて見ィ。」

「いや——。」

も早、私は嘘を言うわけには行かなかった。と言うて、本当のことも言うわけには行かなかった。

「なあ、あんた誰に殴《や》られたんや。恐がることないで。」

「いや、あの……、大したことはないので。」

「そうか。」

セイ子ねえさんは大息をついて、中指の先で唇をなでていた。晋平ちゃんが私に投げつけたマッチ箱ほどの石が、冷蔵庫の上に乗っていた。

「ほな、うちは店があるさかい。」

セイ子ねえさんはまたあたふたと帰って行った。

十二

私はアマへ来てからはじめて、阪急電車に乗って京都へ行った。六月半ばの雨の降る日だった。れいの小山花ノ木町の知人の家を訪ねるためだった。この原田巳記という人は、私が京都で料理屋の下働きをしていた時分に知り合うた四十過ぎの男であるが、小児科の開業医をするかたわら、フッサールやメルロ＝ポンティの哲学を勉強し、時たま新聞雑誌に夢のもつれのような文明批評を書いたりしていた。住所不定の私には健康保険証がないので、通常の病院へは行けない。行けば、あれこれと面倒なことを言われるのである。だから私は横着を起こして、この人にただで、一応は傷口を診てもらっておこうと考えたのである。

京都では、私はいつも鴨川の橋の上から薄墨色の北山の山の色を眺める。そうするとすさんだ気持が慰められるのだ。それは京都で働いていた時からの心のゆくたてだった。

が、その日は生憎《あいにく》雨に降り籠められていて、北山は見えなかった。けれども久しぶりに鴨川の流れを見て幾分かは慰められた。四ヶ月前の二月の朝、原田さんの家から出て来ると、この川は一面に凍っていた。あれからわずか半年足らずのことなのに、何と多くの人の生血《いきち》を吸うた言葉が、この身に沁みたことだろう。私はありがたいと思うた。

原田さんは私の傷口を診察して、「少し化膿しかかっとうけど、心配はいらん。」と言うて、化膿止めの薬を出してくれた。そして「どうや、尼ヶ崎へ行ってれこは出来たか。もしよかったら今晩また泊まって行け。わしはあんたの相手はせんけどな。」と言うてくれた。この人の口癖は「仕事は行《ぎょう》や。」という言葉だった。患者の母親《はおや》に「子供育てんのも行《ぎょう》やで。」ともよく言うのだった。私に泊まって行けと言うてくれるのも、恐らく行《ぎょう》で言うてくれているのだった。この人の日常性の藪の中から出て来た言葉なのだろう。そこに、私はこの人の味わい深い面白みを感じていた。だから私にとってはこの人のフッサールやメルロ＝ポンティはどうでもいいことだった。原田さんの中に言葉が発生するところは、そんなところにないからだ。ところがこの人はフッサールやメルロ＝ポンティを後生大事に拝んで生きている。私には分からないことだった。私は普段の原田さんのおかしみのある言葉に接して、数ヶ月ぶりに外界の空気を吸うたような解放感を味わった。原田さんの言葉のやさしさは、セイ子ねえさんやアヤちゃんなどの息詰まるようなやさしさとは、やはり異質だった。

私は烏丸《からすま》二條でバスを降りて、雨の中を歩き、松栄堂で朱に緑の草紋様の入った匂い袋を一つ求めた。それは少し大袈裟な言葉で言うならば、ある決心があってのことだった。このところ私の中にはしきりに、そう遠くない時期にアマを立ち去らねばならない時が近づいているような気がしていた。それは逃げ出すというようなことではなく、この先どこへ転んで行くのか、当てなど何もないのであるが、併しそういうさ迷いの時がふたたび近づいているような予感がしていた。匂い袋はいずれ来るに違いないその時のために、セイ子ねえさんへのお礼として用意しておこうと考えたのだった。

もし私にいくばくかの銭の余裕があるならば、本当は珊瑚玉の簪《かんざし》を求めたかった。お銀さまが、ゲンコラ　ゲンコラ、髪に差した簪を。が、それは無理であるがゆえの匂い袋だった。こんなものはセイ子ねえさんにはまったくふさわしくないし、「またこなな少女趣味みたいなことして。」と冷笑されるのは分かり切ったことだったが、併し私はそうしたかった。そして、もう一つ匂い袋をと考えた。アヤちゃんのために。アヤちゃんはセイ子ねえさんと同じように、私に何かを思い知らせてくれた人だ。が、私はそれを求めずに松栄堂を出た。

そこから歩いて西洞院丸太町上ル夷川町の、昔、下働きとしておいてもらっていた柿傳へ寄って見ようかと考えた。柿傳ではよくしてもらった。にも拘らず、私はだし抜けに柿傳を上がった。上がった、というのは板場言葉で、辞めた、ということであるが、私はこれと言ういわれもなしに上がった。それを思うならば、私にはやはり顔出しのしにくいところだった。この「これと言ういわれもなしに。」という曖昧さが、私を決定する兇器のように、いつも私の中にぶら下がっていた。私はもうええ加減に自分を見放したいような気持で、また鴨川の方へ歩いて行った。そして雨に降り籠められた北山を見た。それから祇園町で「壱銭洋食。」を喰うてアマへ帰った。

翌日はよいお天気だった。昼飯を喰いに行く時、裏の空地へ行って見ると、腐爛《ふらん》した蝦蟇の屍体に、むごたらしく金蠅がたかっていた。あれほど晋平ちゃんに酷愛されていた蝦蟇も、死んでしまえばこのざまだった。晋平ちゃんは蝦蟇が死んだこと、そして私に石を投げつけたことによって、恐らくは自身も深く傷ついたに相違なかった。と言うて、私に何か考えがあったわけではない。

飯を喰うたあと、アパートへ戻る道を歩いていると、突然、後ろにランドセルを鳴らして駆けて来る音がし、

「生島のおっちゃんッ。」

という晋平ちゃんの声がした。振り向くと、晋平ちゃんは一瞬足を止めたが、またすぐに駆けて来て、私にわざと体当りした。顔はにこにこ笑っていた。

「おっちゃん、僕のこと許さへん言うて。」

「えッ。」

「な、許さへん言うて。」

この子は考えたのだ。そういう目をしていた。

「な、言うて。」

私は言葉に詰まった。けれども黙っているわけには行かなかった。歩きながらしばらく考えて、言った。

「じゃ、許さへん。」

「なんで、なんで僕を許さへんの。」

私はまた言葉を失った。

「なんで僕を許さへんの。」

「それは、おっちゃんが晋平ちゃんの蝦蟇を見たさかいや。」

「そうか。おっちゃんはアヤちゃんに櫻ん坊貰《も》うて食べたやろ。」

「………。」

「食べたやろ。」

「食べた。」

「それ見て見、お父ちゃんが言よったぞ。」

「えッ。」

「あいつはガラス鉢、空《から》にして持って来よった言うて。」

私は息を呑んだ。

「面白《おもろ》いやつや言うて。」

「なんで櫻ん坊喰うたら面白《おもろ》いんや。」

「おっちゃん、アヤちゃんのこと好きやろ。」

六月の真昼の光が私の目の底に反射した。

「僕が蝦蟇持って帰ったら、アヤちゃんきゃッ言うて、怒って。アヤちゃんこんな顔して、怒って。」

晋平ちゃんは両手の指で目の下を引っ張った。

「そしたらアヤちゃんスカートめくって、こないして飛んで。僕は櫻ん坊食べへなんだ。あんなもん誰が喰うたるか。そしたらアヤちゃんがおっちゃんとこへ、僕が喰わへなんだ櫻ん坊持って行ったんや、あの男喰うやろか、言うて。そしたら、ごうちゃんが喰うやろ言うて。」

「……………。」

ごうちゃん、というのは、恐らく私が鉢を返しに行った時、出て来た男のことなのだろう。脈絡のあるようなないような話ではあるが、あのアヤちゃんが櫻桃を持って私の部屋へ来た午後、下の部屋には晋平ちゃんのほかに彫眉さんとごうちゃんと称《よ》ばれる男がいて、アヤちゃんは眉さんごうちゃんと相談の上で、上がって来たことだけは確かなようだ。あるいはそれは眉さんが言い出したことであったかも知れない。

だとするならば、眉さんは私がアヤちゃんのあとをつけて行ったことを、知っていた可能性があるが。ごうちゃんが来て告げたとも考えられる。あの午後、私はアヤちゃんの胸のふくらみを盗み見た。あの自分の目差しを思い出した。あれは、まぎれもなく欲望する目差しだった。併しなぜ、ガラス鉢を空《から》にして返しに行ったことが、面白《おもろ》いことなのか。ええ度胸しとうが、とでも言うことなのか。とするならば、眉さんはこの生島を何か思い違いしたのだ。

いや、これは思い過ごしかも知れない。アヤちゃんが上がって来た午後、下の部屋にいたのはごうちゃんと晋平ちゃんだけで、眉さんが櫻桃のことを聞いたのはそのあとのことである可能性もあるし、私がアヤちゃんのあとをつけて歩いたことを知った上で、面白《おもろ》いやつや、と言うた、とは言い切れない。だが、いずれにしても、アヤちゃんがある意をふくんで私のところへ上がって来たことだけは確かなことで、これはただならぬことだった。「アヤちゃんスカートめくって、こないして飛んで……。」晋平ちゃんの言葉が私の心を甘苦くさすった。

その翌日も私は蝦蟇の腐爛屍体を見に行った。眉さんの「嘘つけッ。」という鋭い声を思い出すと、見るに堪え得なかった。併し目を離すわけには行かなかった。金蠅は、手で追っても追っても寄って来た。併し晋平ちゃんはなぜ私に土管の底の蝦蟇を見ないでくれと懇願したのだろう。ほとんど悲鳴に近い声を出していた。あれは見られることが恥ずかしかったのか。なぜ私に見られたら蝦蟇は死んでしまうと言うたのか。私はこの「温度のない町。」へ来て、この町の底に棲息する多くの人の生の姿を見た。見たくて見たわけではないが、見られた人にとっては多くの場合、私の目差しは堪えがたいことだったのではないか。この蝦蟇は私に見られて死に、腐爛したが、蝦蟇は生きていた時、晋平ちゃんにとって何だったのか。これからどうなって行くのか。私は恐ろしかった。

アパートへ戻って来ると、向いの部屋から話し声が聞こえた。眉さんと誰か女の声だった。明らかにアヤちゃんの声ではなかった。女が上ずった声で何か一方的に話しているようだった。併し立ち聞きするようなまねは出来ないので、自分の部屋へ入って、戸を細めに開けた。が、この戸をわざと細めに開けておくというのも、立ち聞きするのと何ら変らない振舞いだった。思い直しても一度、ばたんッ、と音をさせて戸を閉めた。そしていつも私が仕事をする窓際へ戻ると、後ろで、もともと毀《こわ》れている戸の止め金が、小さな音を立ててまた外れた。おあつらえ向きの言い訳が出来たのだ。併しそれがまた業腹だった。も一度閉めに行った。が、また止め金が外れた。人の生にはこういうことがある。

仕事をしていると、向いの部屋からうめき声が聞こえた。女の声だ。さては最前の女

の上ずった声はそういうことだったのか、と腑に落ちた。何か一方的にまくし立ててい
た声は、これから墨を入れてもらうに際して、これまで生きて来た歳月の中で骨身に沁
みた思いのたけや、覚悟のほどを、問わず語りに語っていたのだろう。一度墨を背負え
ば、それはわが身が灰になるまで消えないのだ。恐らくは語らないではいられない激情
に駆られてのことだったのだろうが、併しそれを黙って聞いている彫眉さんの、あの白
目の部分を充血させた冷たい目を想うと、慄然とするものがあった。アヤちゃんの裸身
が生々しく浮かんだ。

それから、女は毎日通《かよ》って来た。ある午後、私が外から帰って来ると、見知らぬ女が
階段の上り端《はな》に背凭《せもた》れしてたばこを吹かしていた。髪の赫《あか》い三十過ぎの女だった。目が
合うた瞬間、お辞儀をされた。私の全身を見て取るようなお辞儀の仕方だった。私は慎
重に目礼して行き過ぎようとした。するとその時、眉さんが部屋から出て来て、

「おいッ。」

と女を呼んだ。そしてすぐに部屋へ消えた。女は血色の悪い顔で「ちッ。」と舌打ち
し、たばこを足でもみ消すと、私を押し除けるようにして、眉さんの仕事部屋の方へ歩
いて行った。

併し女はその翌日も来た。そして涎《よだれ》を垂らすような「ひッ。」「いッ。」「あ、あ。」「あ
ッ。」といううめき声を洩らして、苦痛に堪えた。そのたびにアヤちゃんの白い裸身

に刺されて行く刺青が浮かんだ。それが私の欲望を刺戟した。

ある朝、さいちゃんが来た時、封をした封筒を渡され、これを今日のうちに伊賀屋へ届けて欲しいと頼まれた。れいによってさいちゃんはそれ以外の余計なことは一ト言も言わなかったが、こんなことを頼まれたのは初めてだった。午後、それを伊賀屋へ届けに行くと、セイ子ねえさんは「あッ。」と言うような顔をした。併しすぐに平気な顔になって、ほやほや礼を言い、ビールを一本抜いてくれた。そして、

「あんた病院へ行ったんやな。」

と言うた。私の顔のガーゼが先達てのと違うのを見て取ったのだ。私は薬局で買うたのは使わずに、原田さんに貰った薬やガーゼを使っていた。

「えらい心配掛けまして。」

「ここらは権太くれが多いさかいな、そない見えんような人でも気ィつけなな。」

セイ子ねえさんはまだ、私がこの辺のごろつきに殴られたと信じ込んでいるようだった。併しガーゼやガーゼ止めなど見た目にはどれもみな同じようなものの、併しよく見ればわずかに違っていて、この女はやはりそのわずかな差異を見逃さない女だった。

帰りに人の往き来の多い商店街を歩いていると、あるビルのガラス戸を押して二、三人のくすぼり風の男が出て来た。続いてアヤちゃんが出て来て、その三人の男に追いつき、私の前を歩いて行きはじめた。その時、先に出て来た男たちの一人が、いつぞやア

ヤちゃんの兄だと名乗って私のところへ来た男だということが分かった。三人の中では一番の頭株《かしら》のようだった。そういうことはすぐに分かるのだった。私はその四人のあとをつけている積もりはなかったが、併し形の上ではそういうことになるので、立ち止まってショウ・ウインドーの中の馬の化け物のようなぬいぐるみに目を遣《や》りながら窺っていると、四人は喫茶店へ入った。ただそれだけのことだった。

私はまた歩いて行った。併しどこかで不意に蛇に出喰わした時のように、ある絶望的な存在に出喰わすと、出喰わしたということとそのこと自体が、衝撃を私に残した。

私は思い切って自分を崖へ突き落としてやろうと思うた。と言うと、少し大袈裟になるが、自分を囮《おとり》にして周囲の反応を見て見ようと考えた。何かしないではいられなかった。私自身を他者の視線にさらすのだ。昼飯を喰いに行った時、駅前の公衆電話ボックスへ行って、一応は電話番号を調べるふりをしながら、電話帳をはぐった。銭を入れて、あてずっぽうにダイヤルを廻すと、若い女が出た。

「あッ、私ですけど、私は少年のミイラですけど。」

「は?」

「私は古代の少年のミイラですけど。」

「あれ、お母ちゃん、この人けったいなこと言うてはるわ。」

電話は切れた。ざまァ見やがれ、だ。併し電話ボックスを出た途端、烈しい自己嫌悪に襲われた。私は「けったいなこと言うてはる人。」だった。六月末のどんよりとした油照りの光が私の顔を照らした。

セイ子ねえさんが来た。私の顔を見て、

「あんた、まだ腫《は》れが引かんな。」

と言うた。私は身構えていた。併しセイ子ねえさんはそれ以上何も言わず、手提げから何か鉛筆書きの書き付けを出して見ていた。ちらと見ると、何かの乱数表のようなものだった。やがて小さな手帖も出した。ちびこけた鉛筆でしきりに何か書いていた。それを仕舞う時、

「あんた競馬も競艇もせんようやし、一体何が楽しみで生きとんや。」

と言うた。

「別に楽しみなんかいらんのです。」

「いらん？」

セイ子ねえさんは黙ってしまった。こめかみに青筋が立った。あるいは侮辱されたと受け取ったのかも知れない。それからいつものように、ひとときたばこを燻《くゆ》らせて、帰って行った。併しあんな数字表や手帖をセイ子ねえさんが取り出したのはこれ迄なかったことだ。気を許したのか、わざとすきを見せたのか。あのこめかみの青筋は何なのか。

翌朝、さいちゃんが来て出て行くと、入れ代るように、五月末のあの日、このアパー

トの横の露地に片手をポケットに突っ込んで立っていた男が入って来た。

「わしゃ左右田《そうだ》いう者《もん》ですけどの、いつぞやはえらい世話になりまして、すまんことでした。」

「は。」

「今日はまた朝っぱらから来まして、えらいすまんこってす。」

言葉つきはここらあたりの言葉であるが、音韻に東北弁のような訛りがふくまれていた。今朝もあの日と同じように、この男は右手をポケットへ突っ込んでいる。

「何か。」

「はあ、それが岸田のねえさんには、わしも何かと世話になっとる者《もん》やさかい、言いにくいことやけど、あんさん何かの、その、公衆電話をお使いになる時はの、駅前のあの電話以外の、よその電話使《つこ》てもらえんですかの。」

この時はじめてこの男は正面から私の目を見た。

「いや、何、こなことわざわざ言いに来るのも、なんやけどの。なんせあれ以来、あんさんに目ェ付けとんのがようけおんのでの。」

男は私の目から目を離さない。私の電話の内容が偽りであったことをはっきり見抜いている目である。

「あの……。いや、分かりました。どうも……。」

「そうですか。えらいこなな失礼なこと言いに来ましての。」

男は横目に私の部屋の中を窺った。そして、

「ほんじゃ、これで失礼いたします。」

と言うて、出て行った。私は全身に冷たい汗が噴き出していた。これで、私はこの片手をポケットに突っ込んだ男の仲間たちによって、絶えず監視されていることがはっきりした。私の身を案じてくれた、というよりも、目障りな動きをするな、ということだろう。併し突出した動きをしない限り、そう危害を加えるようなまねもしない、ということではあるらしい。けれども左右田の口ぶりには、それだけでなく、左右田たちと敵対している組の者たちにも、あんさんは目ェ付けられとんですよ、という仄《ほの》めかしがふくまれていたようだ。かりにそれがそうだとするならば、私はいつどこで襲われるやも知れない、ということになるが。

私はこれで、私自身を崖へ突き落としたことになるのだろうか。併しそれにしても左右田がやって来たことによって、セイ子ねえさんの苗字が岸田であることが分かったのは、私のここでの暮らし方の姿を端《はし》なくも語っていた。

その夕、さいちゃんは何喰わぬ顔をしてやって来た。鈍感なのか、ずうずうしいのか、これがこの男の生の流儀だということは、かねて分かったことではあるが、私は何かむらむらするようないら立ちを覚えた。併し私もいつものように何喰わぬ顔をして肉を渡

した。

　夜に入って夜立《よだ》ちが来た。大粒の激しい雨とともに、鳴る神が空を渡り、稲光が走り、時に天地を裂いて神が地に天降《あも》った。するとその雨の中を、何か口に叫びながら、隣室へ駆け込んで来た男女があった。しばらく何か言い合ってばたばたしていたが、やがて静かになった。恐らくはまぐわいが始まったのだろう。が、雨の音にかき消されて、いつものようには声は聞こえなかった。するとそれが私の想像を刺戟し、こんな安アパートの中で交わる男女の姿が、いつになく鮮烈な美しさをまとって像を結んだ。外に雷《いかづち》がとどろき、稲妻が窓ガラスを慄《ふる》わす中で媾合《こうごう》する男女の肢体が。

十三

片手をポケットへ突っ込んだ男が来てからは、外へ出る時はやはり警戒するようになった。このアマへ来てから公衆電話を使ったのは伊賀屋へ一度、原田さんのところへ行く前に一度、それからあの贋《にせ》電話を掛けた時が一度、それだけだった。も一度、こんどは別の公衆電話ボックスへ行って電話帳をはぐってやろうかと考えた。併し一つ間違えば、こんどはただではすまないだろう。

近所の支那そば屋で餃子で飯を喰うていると、客の話が耳に入った。尼ヶ崎のどこやらで、タクシー会社の運転手たちが勤務中に、裏通りにタクシーを九台数珠繋ぎに止め、麻雀屋で賭け麻雀をしていたところ、さて会社へ戻らねばならない時刻が来て表へ出て見ると、自動車は一台残らずなかった、というのである。いつものように朝から狭い通りにタクシーを数珠繋ぎに止められるので、頭に来た近所のおばはんが警察に通報した結果、自動車はすべて持って行かれてしまっていたのだ。それで運転手たちは手ぶらですごすごと会社へ帰ったというのであるが、朝から賭け麻雀をしていたのであるから、当然売上げもなく、えらい難儀した、というのであった。

ところがこの連中と来たら、それで懲《こ》りたかと言うと、そんな気《け》ぶりは毛ほどもなく、相変らず朝出勤するやその足で、競馬場・競輪場・競艇場・オートバイレース場・麻雀荘・パチンコ屋などへ、その日その日乗りつけ、賭事《ギャンブル》にふけり、その合間にはノミ屋・野球賭博屋などへも電話でなけなしの銭を張り、上がりの時刻になると、大抵はおけらで会社へ帰り、その日あるべきはずの売上金のうち、使い込んだ金の前借り借用書を会社へ入れ、それでその日その日が過ぎて行くのである。が、さて給料日が来て見ると、本来の手取り三十五萬円近い金が二、三千円ほどしかなく、そうであるがゆえにその翌月が来ても、不可避的に相変らずの生活をするほかはなく、併しタクシー会社としてもこういう手合いをいちいち解雇していては、従業員の数を確保できず、また相当に金を前借りさせているがゆえに、馘首《くび》にしたくてもするにし得ず、運転手の方としてもその辺のところはとっくに見越していて、朝出勤するや麻雀荘や競艇場へいの一番に乗りつけるというのだが、どこのタクシー会社にもこういう連中がかならず何割かはいるというのだった。

恐らくはその日その日、尻の穴から油が流れ出るような毎日ではあろう。併しこの人たちにとっては、この賭事《ギャンブル》がなくては窒息してしまうような、すれすれの生の失望と快楽を生きているのであり、と言うよりも、そういう「物の怪。」に取り憑かれた生活が平気で出来るというのは、すでに生きながらにして亡者《もうじゃ》になった人の姿であって、私は見事な虚体の生活だと思うた。

だが、誰もそういう生活がしたくてしているわけではない。数日前、私のところへ来た片手をポケットへ突っ込んだ男なども、あるいはノミ屋・野球賭博の電話を受けているかも知れない。セイ子ねえさんが見ていた数字表だって、恐らくはその筋のしのぎに関係したことだったのだろう。さいちゃんの異様なまでの口数の少なさも、それ自体が、あたらこの男の生が何か底深いものであることを濃く暗示しており、いや、そもそも覚醒剤《シャブ》密売ということ自体が、得体の知れない生の失意に獅噛《しが》み付かれてのことに相違なく、まして覚醒剤《シャブ》を求める方はそれ以上で、これでいいとは思うてはいないが、その思うてはいない方向へ人を押し攫《さら》って行く、虚無の風がこの世には吹いているのだった。朝一番から麻雀屋や競輪場へ駆けつける運転手たちの心にも「どないなと、なるようになったらええが。」という飄風《ひょうふう》は、吹きすさんでいるであろうし、東京から姫路京都神戸西ノ宮を転んで、さらに行き所なくこのアマへ来た私の内にも、同じ風は吹いていた。

七月朔《さく》は私の三十四回目の誕生日だった。併し何の渇望も祈りもなかった。私が生れたのは敗戦末期の夏で、父は空にB29爆撃機が飛来する下で田植えをしていた。家から知らせが来て、男の子が生れた、と告げた。曇天が、水を張った田に映っていた。いつか父から聞いたそんな話が心に浮かんだ。私はその時の父より、四歳も年上になるのだった。

髪の赫い女がまた向いの部屋へ来ていた。私と同じ年恰好の女だ。と言うことは、私とほぼ同じだけこの世の時間を生きて来た女だった。その果てに、背中に刺青を背負うというのは、それはそれで何かを余程考え詰め、恐らくは失意の底からの蘇《よみがえ》りを希《ねが》ってのことに相違なかったが、洩れ聞こえてくる悲痛なうめきを思うならば、人を衝き動かすのは言葉などではないことがひしひしと感じられた。一体どのように苦しい因縁が女を捉えたのか。女の生身のうめき声は、私の耳には、まぎれもなく生への祈りに聞こえた。

だが、私のその日その日は牛や豚の臓物をさばいて串刺しにするだけだった。どのみちこれらは誰かの口に入り、人の臓物の中で消化され、やがて糞《くそ》になって便所へ消えて行くのだった。そのあとはどう処理されて行くのか仔細には知らないが、いずれは海へでも流されるのだろう。百貨店やスーパーマーケットに並んでいるきらびやかな商品が、いずれはすべてごみか糞尿《ふんにょう》になって行くのと同じだった。それが人のいとなみの姿だった。だから私はこれでいいと思い、セイ子ねえさんに「別に楽しみなんかいらんのです。」と言うたのも決して偽《いつわ》りではなかったが。

ある夜遅く、近所の酒屋の前の自動販売機へ冷えた罐ビールを買いに行くと、そこにアヤちゃんがいた。それだけのことなのに、私は、

「あッ。」

と声を出してしまった。

「何よ。」

と、アヤちゃんは私を見た。風呂屋帰りの洗い髪が光り、白いブラウスに透けてブラジャーと刺青が見えた。それに私が目を遣ったのが、アヤちゃんには分かった。

「あんた、目ェだけで女を楽しむんは止めた方がええわよ。」

「えッ。」

私は息を呑んだ。心臓に達する言葉だった。アヤちゃんは含み笑いをした。

「あんたの厭《やあ》らしいとこはそこや、いうことが、あんた分かってへんやろ。」

アヤちゃんはまた意味ありげな含み笑いを浮かべた。

「けど、うちを見たいんやったら見てもええわよ。見られたら目垢《めあか》が付くけど。いま折角きれいに洗《あろ》て来たのに。あんた、顔だいぶ快《よ》うなったな。」

アヤちゃんのからだからシャボンの匂いがした。「アヤちゃんスカートめくって、こないして飛んで……。」

「何よ、そんな変てこな顔して。」

「あ、いつぞやは櫻ん坊をいただきまして。」

「あ、あれ。おいしかったでしょ。」

「ええ。」

まさか食べた気がしなかったとは言えなかった。

「眉さんがあいつにも持って行ったれ言うて。」

「えッ。」

「あら、なんでそないびっくりするん?」

「いや――。」

「あんた何《なん》か思い違いしとんと違《ちゃ》う。うちがあんなこと言うたさかい。」

「いえ、私は……。」

「私は、何《なん》やのん。」

私は言葉が出なかった。

「生島さん、あなたここでは生きて行けへん人よ。うちらと違うの。」

アヤちゃんは自動販売機にお金を入れた。罐ビールが落ちて、身を屈《かが》めた時、アヤちゃんの背中がまた透けて見えた。罐ビールを取り出すと、私の顔を見もしないで歩いて行った。

私は部屋で一人罐ビールを呑みながら考えた、ここに踏み止《とど》まれるだけ踏み止まろうと。下の部屋ではアヤちゃんが同じように冷たい罐ビールを呑んでいる筈だった。恐らくは先ほど酒屋の前で生島に言うたことを思い出しながら。時に天井を見て。いや、それは私の思い上がりで、アヤちゃんとしては生島が何も言えないところまで詰めたのだ。私の顔を見もしないで歩いて行った時の、あのすげない態度からすれば、も早何思うこともなく、さばさばした気持で湯上りのビールを楽しんでいるだろう。そういう気性の女だ。

はじめから私はアヤちゃんに差し込まれていた。言葉らしい言葉を一ト言も言えなかった。何と無様《ぶざま》なことだっただろう。あれこれ勝手な思い過ごしをしていただけだ。ごうちゃんが来て告げ口をしたとか、どうとか。私がアヤちゃんのあとをついて行ったのは、アヤちゃん自身が気がついたことなのだろう。それとは別に、たまたま眉さんが櫻桃を持って行ったれと言うた、と考える方が自然だ。併しあの午後、アヤちゃんに釘を刺されて櫻桃の味がしないほど衝撃を受けたのも一つの現実であり、今夜の「あんた、目ェだけで女を楽しむんは止めた方がええわよ。」という言葉も、私の心臓に達するつぶてだった。アヤちゃんのブラウスに透いて見えた刺青は、晋平ちゃんが言うたように、確かに鳥が大きく翼を拡げたような図柄だった。

併しそれにしても、見てしまうということは凄いことだ。私はふたたび土管の底の蝦蔓の姿を見たのだった。空《から》になった罐ビールが私の渇きをいや増しにし、窓の外にばらばらと雨の音がし始めたのを聞きながら、私は肩ではあ、はあ息をしていた。

十四

ある午後、晋平ちゃんが大声に「血だらけのコック。」「血だらけのコック。」と叫びながら部屋へ入って来た。私が驚いた顔をすると、

「おっちゃん、あのな、いま僕らの学校で血だらけのコック言うんが、はやっとんや。」

「ほう、そうか。」

「血だらけのコック、血だらけのコック、こない言うんや。みんなこない言うて走り廻るんや。血だらけのコックいう言葉を四年憶えとったら、その人は死ぬんや。」

「えッ。」

「そやさかい血だらけのコック言うたら、藤枝先生えらい怒るん、こんな顔して。こんなおかしな顔して。」

晋平ちゃんの目はほとんど焦点を失っていた。

「そやからまた、みな血だらけのコック、血だらけのコック言うて、走り廻るんや。澄子ちゃんもトンちゃんも走り廻るんや。面白《おもろ》いで。」

晋平ちゃんは熱に浮かされたようにこう言うと、走り出て行った。異様な集団ヒステリーが発生しているのだった。

思い掛けないことだった。彫眉さんの顔が覗いて、

「生島くん、ちょっとええか。」

と言うた。私が椅子から起ち上がって、

「どうぞ。」

と言うと、眉さんはのっそり部屋へ入って来て、部屋の中を一瞥《いちべつ》した。私は慌てて手を洗った。眉さんは上り口に立ったままだった。

「実は君に頼みたいことがあるんや。」

「何か。」

いつもと同じように、眉さんの目は充血していた。私は私の手に負えないことなら、どう断わろうかと思案しながら、近づいた。

「いや、何、これを二、三日でええさかい、この部屋に預かって欲しいんや。」

眉さんは手に持っていた紙包みの箱を差し出した。大きさは小型の菓子箱ほどで、紙

紐が丁寧に結《ゆ》わかれていた。一瞬、私はためらったが、併し恐ろしい目でそう差し出されて見ると、どうしても受け取らざるを得なかった。持って見ると、見た目以上に重かった。

「押入れの中においとく、いうことでええでしょうか。」

「それでええ。ほな、頼んだで。」

眉さんは出て行った。箱を両手に持って振って見ると、かすかに中で何かが動く音がした。併しそれが何であるかは、まったく見当が付かなかった。けれども、こういうものを生島に預けるということは、これが下の部屋にも上の仕事場にもおいてはおけないものであり、ほかの知り合いにも預けにくいものであることだけは、確かなことだった。私は眉さんの秘密を隠し持たされた、と言うより、何かを半ば共有させられたのだった。押入れに仕舞う時、この部屋の鍵が毀れていることを言うておけばよかった、と思うた。併しそれをわざわざ下の部屋まで言いに行くのも、あの目を思えば、何か気後れがした。

セイ子ねえさんが来た。この前こめかみに青筋を立ててから、しばらく来なかった。どうしているかと気にはしていたが、併し私の方からは基本的に一切連絡することはないので、放っておいた。セイ子ねえさんはいつものように黙って入って来て坐ると、一つ大息をついて、左手の中指の先っぽの絆創膏をいじくり始めた。

「うちもな、庖丁でわが身の手ェ切るようになってもた。」

「どないしはったんですか。」

「なに、ちょっとな。あんたの方は顔だいたい元へ戻ったみたいやけど、痕が残るな。」

「いろんなことがありますから。」

「さっきな、市場の横手歩きよったら、こななもん売っとったさかい、買《こ》うて来た。」

セイ子ねえさんは紙包みを解いて、小さな欅《けやき》の盆栽を取り出した。

「どないや、ええやろ。」

「はあ。」

「あんた、これここで大事にしてくれるか。」

「え、私がですか。この部屋は日も当らへんし。」

「盆栽はあんまり日が当らん方が、反ってええんや。その流しの窓のとこにおいたらええ。」

セイ子ねえさんは起ち上がって、自分で出窓の棚へおきに行った。併しその時包み紙を見ると、この盆栽を売っていた植木店《だな》の名前、住所が印刷してあって、それは市場の横手などではなかった。この前、私が「別に楽しみなんかいらんのです。」と言うたので、セイ子ねえさんは考えて、これを求めて来てくれたに違いなかった。それを思うと胸が熱くなるような気がしたが、併しこの部屋でこの木の緑を枯らさないようにするのは容易なことではなかった。植木鉢の大きさは掌《たなごころ》ほどであり、木の高さは十糎《センチ》ほどである。

「なに、あんた、毎日ちょっとずつ水やってくれるだけでええねや。まさかの時は枯れてもええ。」

「ほんなら。」

セイ子ねえさんは手提げからネーブルも取り出した。色鮮やかな二個のネーブルだった。

彫眉さんは三日が過ぎても五日が過ぎても、れいの箱を取りに来なかった。

十五

休みの日に私は阪神姫島駅で降りて、淀川の土手へ上《のぼ》った。まだ東京にいた時分、気持が鬱屈した時に何度か江戸川の河口まで歩いて行った。そこは葭《よし》が生い繁り、廃船にされた木造船が泥の底に沈み、浜鴫《はましぎ》、葭切りが鳴き、水辺には白い百合鷗《ゆりかもめ》の群れが列をなしていた。小型の船は、石油化学工業の合成樹脂で多く造られるようになって、木造の漁船が、葭のあいだに棄てられているのだった。併し葭の葉の鮮やかな緑の線、あるいは枯れ葭の風に群れ立つさまは、それぞれに色が深く、私の心に沁みた。阪神電車の窓から眺められる淀川の風景には、元よりそのような色はなかった。けれども私は水辺の道を河口まで歩いて行きたかった。

対岸の大阪此花伝法町《このはなでんぽうちょう》のあたりは、小さな鉄工所や屑鉄屋が軒を並べるどぶ川の聚落《しゅうらく》であり、その南の方には集合住宅、高圧線の鉄塔、ガス会社の巨大なタンクなどが見える。こちら側の姫島あたりも同じようなもので、土手の下には雑駁な中小企業の工場が打ち続き、河口の方へ歩いて行くに従って、製鉄会社の大工場が立ち並ぶ。無論、遠い時代にはこのあたりにも葭が生い繁っていたことは知られたことであり、併し近代人に取り憑いた生産主義的理性という「物の怪。」は、葭の葉の色を、コンクリートの色に変えることをよきこととしたのだった。歴史の一回性は不可避的にそう流れて来た。

私は河川敷に降りた。七月の光が容赦なく照りつけ、青く燃えていた。河口に近づくに従って、点々と釣糸を垂れている人がいた。私が部屋を空けているあいだに、あの箱がなくなっているのではないか、という懸念が絶えず働いていた。親子連れで来ている人に、

「何ど釣れますか。」

と声を掛けると、餓鬼の方が、

「阿呆、おっちゃんは釣れる思とんか。」

と言うた。

河口は製鉄会社の工場であり、奇怪な集塵塔が天に聳《そび》えていた。その塀に沿うた道を歩いて行くと、急に視界が展け、そこには広大な埋立地が拡がっていた。十萬坪はあろうか。一面、アメリカ背高泡立草に埋まり、所々に月見草の黄色い花が咲いていた。まったく人気《ひとけ》はない、荒寥たる光の燃え上がる光景である。私は螽斯《きりぎりす》の鳴く草の中を歩い

て行った。烈しい草いきれだった。その草に埋もれるように、廃車にされた乗用車が捨てられていた。車体全体が、赤、青、黄の塗料でサイケデリック調の紋様に塗りたくられた廃車である。突然、草の間に、午後三時を過ぎた大阪湾の夏の輝きが見えた。

帰路に就いた時は、西の空が夕焼けに染まっていた。土手の上からまた釣りをしている人の姿が見えた。併しかなり長いあいだ見ていても、魚を釣り上げる人は誰もいない。声を出す人もいない。夕焼けに染まった川面だけがぎらぎらしていた。ここに坐っている人は、恐らくみな釣りたいなァと思うているだろう。一尾《いつぴき》でもええさかい釣りたい、と思うているだろう。あるいは、終日釣れないで帰る人もいるだろう。けれどもその時、釣れなかったということは、よく釣れた日と同じように何事かであるだろう。それが人生の一日だ。私が今日ここへ来たのと同じように。

その夜、駅で買《こ》うて来た新聞を畳の上に広げて読んでいると、後ろで静かに戸の開く気配がした。振り返ると、アヤちゃんがすでに戸の内側に立っていて、後ろ手に戸を閉めた。が、そうして閉められた戸はれいによって止め金が外れた。アヤちゃんは止め金を見て、また閉めようとした。併しそれが馬鹿になっているのを知ると、私を見て、上がって来た。アヤちゃんの目は私を一直線に見ていた。その時になってはじめて私はただならぬものを感じ、あッ、と息を呑みそうになった。

素足の女が、立ったまま無言で私を見ていた。私も畳の上に立膝をしたまま、横ざまに女を見ているものの、身動き出来なかった。不意に、アヤちゃんは白いワンピースの裾へ両手を入れた。衣が流れるようにたくし上げられ、腰のあたりから、一気にパンティを下へずり下ろした。そのまま私を見た。パンティは臑《すね》に掛かっていた。右足を上げて抜き、続いて同じように左足を抜くと、その白い下穿きを右の手指につまんで、突き出し、私を見た。それを私の前の新聞紙の上に投げた。私はそちらを見、またアヤちゃんを見ると、アヤちゃんは両手をだらんと垂らして、唇の内側を小さく噛んだような目で私をじっと見ていた。やがて両手を背中に廻すと、肩口の止め金を外し、左手でジッパーを一気に腰のあたりまで引いた。併し私からは目を離さなかった。私は自分が息を一つ呑んだのが分かった。するとアヤちゃんの手が傘電球の方へ伸びて、部屋の中が真ッ暗になった。白いワンピースがアヤちゃんの足許へ落ちた。かすかに戸の隙間から光が差していた。アヤちゃんの目が私を見ていた。

「起って。」

アヤちゃんの声が聞こえた。私が闇の中に起ち上がると、白い裸身が近づいて来た。私のポロシャツを上へ引き剝がし、ベルトの止め金を外すと、いきなり私の下穿きの中へ片手を入れ、私の男根と金玉をつかんだ。私の全身に戦慄が走った。アヤちゃんは私の目を見て、しばらく強くにぎり締めたり弱めたりしていたが、手を抜いて、私の綿ズボンのジッパーを下げ、下穿きといっしょに下へずり下ろした。一気に下ろそうとしたが、併しその時すでに私の男根は勃起していた。アヤちゃんが身を屈めるように強く下に引いた。私は足頸にまつわるズボンと下穿きを、アヤちゃんの肩に手を掛けて脱ごうとした。アヤちゃんの髪の乱れた肩口から、背へ掛けての、刺青が目に入った。刺青は闇の中では蛇身の鱗《うろこ》のようだった。ズボンと下穿きが抜けると、アヤちゃんは上目遣いに私を見、両膝を突いて、私の男根を片手ににぎり、唇の中で愛撫した。私は全身の細胞が慄《ふる》えた。アヤちゃんは起って、後ろ向きになると、

「外して。」

と言った。背中一面に刺青が広がっていた。闇の中なので、はっきり絵柄は見えないが。白目の部分を血走らせた彫眉さんの目が闇の中にあった。私は慄えながらブラジャーの止めを外し、肩紐にさわると、下へ落ちた。そのまま後ろからアヤちゃんに抱きついた。耳のあたりに接吻しながら、両の乳房を鷲摑《わしづか》みにして、乳首を指のあいだに挟んでもみしだくと、

「あッ。」

という小さな声が洩れた。その勢いでアヤちゃんは私の手を振りほどくや、向き直り、一瞬、あの猛禽のような凄い目の光を放って、私を烈しく抱きしめた。気が狂うたように二人は接吻した。も早この牝《めす》と牡《おす》の霊の炎は、より烈しく、熱い舌が熱い舌を求め合わないではいられなかった。アヤちゃんの心臓の慄えがそのまま私の心臓に伝わった。

私の心臓の戦《おのの》きもそのままアヤちゃんの心臓に伝わるに違いなかった。大阪湾の夏の海が私の頭の中でぎらぎらした。心に血のにじんだ牝と牡だった。両膝の力が抜け落ち、二人は炎の氷がきしむように崩れ落ちた。闇の中で世界が破滅するようだった。

十六

朝から戻り梅雨の雨が降っていた。もう四日降り籠められていた。私は朝さいちゃんが来る前から、息を詰めて臓物を刻んでいた。この部屋にいる限り、も早何もしないでいることは出来なかった。じっとしていると、一ト息一ト息、息をすることに堪えがたい苦痛を覚えた。が、いまはその堪えがたい息苦しさに堪えることが生きることだった。彫眉さんの目が浮かんだ。あの箱が思い浮かんだ。よもやの場合、私は指を詰める覚悟はしていたが、併しそんなことではすまないかも知れなかった。併し私はここを逃げ出す気はなかった。行き所など、私にはどこにもないのだ。

五日前の夜、根限りの烈しいまぐわいが果てると、アヤちゃんは闇の中に乳房を突き出して、かなり長いあいだ無言で坐っていた。が、やがて闇の中で衣を着け、何も言わずに出て行った。その背中を見ても、私も声が出なかった。と言うより、すでに全身の霊が燃え果てた灰のようになっていて、私の中で言葉を生み出す何かが死んでいた。一気に連続五回、射精した。はじめの三回は物に狂うたような抜かずの三連発だった。あとの二回はアヤちゃんの口にふくんでもらって射精した。それはこの世のことならぬ至福だった。だが、そうであるがゆえに、射精は死だ。私は射精後の忌まわしい虚無の時間の中に萎《しな》びた男根を垂れ、死人のように転がっていた。

アヤちゃんの白い下穿きが残されていた。わざと穿かずに出て行ったのか、忘れたのか。私はそれを闇の中で新聞紙に包み、いったん押込みに仕舞おうとしたが、れいの箱が手に触れたので、思い直して冷蔵庫の中へ仕舞おうとして扉を引くと、臓物の臭気とともに、中の電球が烈しく目を射た。その瞬間、アヤちゃんの背中の刺青を闇の中でしか見なかったことに気づいた。しまった！、と思うた。確かに何か大きな鳥が翼を広げたような絵柄だった。併しそれ以上のことは分からなかった。冷蔵庫の中には先達てセイ子ねえさんに貰った二個のネーブルが、まだ色鮮やかに転がっていた。私は新聞紙の包みを一番下の野菜入れの中に仕舞って扉を閉めた。

そうして、私の中にふたたび人の知恵《さかしら》で偽りを語る言葉が発生した。アヤちゃんにはあの夜以来、逢っていない。それとなく動静を窺っているが、まったく姿を見ない。一度、階下の廊下をアヤちゃんの部屋の方へ近づき掛けた時、いきなり手前の部屋の戸が開いた。中から、五月にごみあさりをしていた老人が出て来て、

「何ど用だすか。」

と、私の顔を見た。

私は顔色を変えて、背を向けた。まずいことをしてしまったのだ。息詰まる思いで臓物を刻み串刺しをしていると、アヤちゃんにいきなり男根と金玉をにぎってもらった瞬間の身の慄えが、くり返し蘇って来た。

「いや――。」

廊下の戸の隙間から目が覗いていた。晋平ちゃんの目だった。それに気づいていたが、私はそ知らぬ顔をしていた。いつもだったら勝手に戸を開けて入って来るのに、入って来ないのは、私の身に何かただならぬものが漾《ただよ》っているのを感じ取ってのことだろうか。もしそうだとするならば、私はどうかしてそれを振り払わねばならない。晋平ちゃんの目は私をじっと見ていた。なぜ入って来ないのか。だんだんに息苦しくなって来た。私は私の身に漾っているらしいものを恐れた。

「晋平ちゃん。」

と声を掛けようとしたが、その声が出なかった。

「あッ。」

という声がして、何かが床に散らばり落ちる音がした。ラムネ玉らしかった。晋平ちゃんがそれを一つ一つ拾っている気配がした。

十七

だし抜けに、私は眉さんとアパートの横の露地で出喰わした。二人とも傘を差していた。だから互いに顔を見ることはなかったが、併しその瞬間、私は全身の細胞が凍るような緊張を覚え、足が止まった。が、それがたまたま眉さんに道を譲るような恰好になった。もしそうでなかったら、行き過ぎる時、眉さんはきのうの晋平ちゃんと同じように、何かを感じ取ったかも知れなかった。私は道路へ出てもまだ胸の圧迫が収まらなかった。眉さんは私に預けたままのあの箱を、なぜ取りに来ないのか。併し取りに来れば、その時、目と目が合うのは確実だ。私は六日前の夜、闇の中に見た、あの白目の部分を血走らせた眉さんの目を忘れるわけには行かなかった。

衝動的に、私は夜中に冷蔵庫の中から二個のネーブルを取り出して、貪り喰うた。甘い果汁が唇の端から滴り落ちた。喰い終ると、茫然とした。冷蔵庫の扉にもたれて、両足を投げ出していると、アヤちゃんの裸身が私を抱きすくめ、私の男根が私の全身よりも大きく勃起した。

向いの部屋にはまたれいの女が来て、うめき声を洩らしていた。彫眉さんは奥歯を嚙み、目を血走らせて針を刺しているに相違なかった。併しその姿を想い描いても、声を耳にしても、も早以前のように新鮮な息苦しさを覚えなかった。アヤちゃんがまぐわいのさ中に洩らしたうめきや喘《あえ》ぎや快楽《けらく》の声が、私の頭の中に高鳴っていた。私は、アヤちゃんが「して。」と言って開いた女陰《ほと》を絶望的に吸い、舐めた。それは心戦《こころおのの》くことであり、私の中に殺されるかも知れないという思いをうながした。併しそううながされると、いよいよ、いまを限りに吸い、愛《いと》しく舐めないではいられなかった。あの溺れるようないつくしみと死の思いからすれば、向いの女の声は、も早どうしても遠いものに感じられた。アヤちゃんの姿をあれ以後見ないのは、それはそれで深い気懸かりになっていたが、併しふたたび不意の訪れがあるのも恐ろしく、と言うて、も一度アヤちゃんの柔らかい乳にむしゃぶり付きたい欲望もはっきり目醒めていた。が、この髪の赫い女が向いの部屋へ来ている限り、それはなかった。そうであって見れば、向いから聞こえて来る苦痛の声は、人の生死ぎりぎりの声である筈なのに、寧《むし》ろ私には一種の安息をもたらす声でさえあった。

梅雨が明けた。朝からぎらぎらする夏の光が地上に照りつけた。家並みの陰翳《いんえい》が濃くなり、高い樹木の葉が光った。私は阪神電車の線路の南に続く寺町を歩いた。お寺の塋《えい》域《いき》へ勝手に入り、緑蔭の石に腰掛けた。町中のさほど大きな寺ではないが、それでも墓石の数は百五十余はあり、あたりは夥《おびただ》しい数の光の亡霊たちの饗宴である。藩政時代からの人のいとなみの中で、天寿を全《まつと》うして成佛した霊のほかに、夭折、病死、不慮死、非業の死を遂げた者の霊もおり、いずれもが生の一回性に深い思いを残して、この夏の饗宴につどうていた。アヤちゃんが上がって来たのはこの前の休みの夜だった。あれ以来、姿を一遍も見ない。どうしているのか。それを思うと、いたたまれない日夜であったが、併しこの光の饗宴のただ中に坐っていると、気持が少し安らいだ。私もまた生の一回性を生きているのだった。

あの夜、アヤちゃんは自分の思いを告げるような言葉を一ト言も口にしなかった。不意に上がって来たことも分からないと言えば分からないことだったが、平生はあれほど気性のはっきりしたアヤちゃんが、愛のいとなみのさ中にも、果てたあとにも、それらしきことは何も言わなかった。

私は不安だった。果てたあと闇の中に続いた、あの寧ろ鈍重な沈黙とも思える無言の時間は、あながちまぐわいに精魂を使い果たしたからというのでもないだろう。だし抜けに二階へ上がって来たこと、またその後、姿を見ないことを併せ考えるならば、あるいはいまアヤちゃんの身には何か思いに余る重大なことが起こっているのではないか。

あの烈しく私を求めた、死物狂いの愛撫は、心に絶望をいだいた人の息遣いだった。そう考えると、いよいよ不安になった。併し彫眉さんや晋平ちゃんの姿は普段通りに見掛けることもあるのだから、別に何言うほどのこともなく、アヤちゃんはあるいは兄貴さんのところへでも行っているのかも知れなかった。が、それにも何の裏付けもないし、晋平ちゃんに探りを入れるようなまねも出来かねた。

　私はお寺を出ると、庄下川《しょうげがわ》に沿うて南の製鉄工場や製鋼所が立ち並ぶ方へ歩いて行った。コンクリート、鉄錆《てつさび》、石油、化学薬品、噴煙の臭いなどが立ち籠め、道端の青草にはべっとり埃が被っていた。併し普段のように轟音を響かせて走る大型トラックの影もなく、人の姿もなかった。私はも一度、併しこんどは明るいところで、アヤちゃんの背中を見たい、という欲望に取り憑かれていた。あれは、彫眉さんが恐らくは己れの生霊《いきりょう》のすべてを針の先に込めて刺した刺青に違いなかった。それはあの白目の部分を充血させた男の言葉なのだ。そうであるがゆえに切に見たい、という欲情に憑かれていた。あの刺青を目の下に見、アヤちゃんの大きなお乳を愛撫しながら、後ろから犬のようにしたかった。

　が、それにしても、こうして色情に迷い理性が狂うのは、何と生々しい渇きだろう。私は怯《おび》えていた。私が部屋を空けているあいだに、あの箱が消えているのではないか、という気懸かりな思いが絶えざる現在として小刻みに慄《ふる》えていた。併し眉さんはなぜあの箱を取りに来ないのか。当てもなく日曜日の工場地帯をさ迷い歩いていると、渇きはいよいよ烈しく、どこかに飲物の自動販売機はないかと見廻したが、見えなかった。

セイ子ねえさんが来た。いつものようにしばらくたばこを燻《くゆ》らせていたが、私が罐詰の空罐で拵《こしら》えた灰皿に火を揉み消すと、

「あんた、いつぞやアヤちゃんのあとをつけて歩いとったんやとな。」

と言うて、ひたと私の顔を見た。私の顔色が変ったので、

「やっぱりな。ゆうべごうちゃんが呑みに来て言よったが。」

「………。」

「あんた眉さんがどれぐらい恐《おと》ろしい人か知らんさかい、そななことするんや。あんたがここへ来た時、うちがあの娘《こ》はあかんで言うたの忘れたか。」

「いえ……。」

「ほな、なんでそななそぞろ坊主みたいなまねすんね。そらアヤちゃんは、男の腐れ金玉が勝手に歌歌い出すほどの器量好しやわな。けど、あのアヤちゃんは――。」

不意にセイ子ねえさんは言葉を切った。こめかみに青筋が立っていた。

「どうも申しわけございません。」

私は頭を下げた。青筋は嫉妬《へんねし》起こしているのだろう。冷蔵庫の中にはアヤちゃんの下穿きが冷えたままになっていた。

「あのな、生島はん、あんたこななとこで日に日に鳥の串刺ししとって、そら面白ないやろ。けど、あのアヤちゃんは、これはあの娘《こ》もまだ知らんことやけど……。」

私は全身の神経を逆立てて、次ぎの言葉を待った。セイ子ねえさんが冷蔵庫に目を遣《や》った。併し、

「いや、こななことはあんたには言わん方がええ。ええか、あんたこななこと二度としたらあかん。あんた命《たま》取られるで。」

「申しわけないことしまして。」

「ごうちゃんにはうちからよう因果をふくめといた。あんた、ええな。是非《ぜっぺ》やで。ええな。うちとの約束やで。」

「分かりました。えらい心配掛けまして。」

併しセイ子ねえさんはつい口を滑らせたのだ。それが何であるかは、無論、私にも分からないことではあるが、この物にせかれたような物の言い方は、ただごとではなかった。ただ単に嫉妬《へんねし》だけで言うているのではない何かが感じられた。さらに、私の軽はずみを責め、身を案じてくれているだけでもなかった。それ以上の、何かを恐れる物言いだった。私が心に危惧していたことは、まさに杞憂などではなかったのだ。これでアヤちゃんの姿が消えたことが、いよいよ何か抜き差しならないことを暗示しているのが明らかになった。アヤちゃんの知らないところで、まさかの時にはアヤちゃんの生死を左

右するかも知れない、いや、恐らくは確実に左右するであろうことが、すでに発生していて、それをこの女は知っており、もし私もそれに触れるならば、命がない、というのだった。

併し、アヤちゃんは実はそれが出来《しゅったい》したことをすでに知っているのではないか。あのだし抜けの訪れも、あの闇の中での烈しい息遣いも、接吻も、慄えも、戦きも、死物狂いの男根の愛撫も、果てたあとのあの乳房を突き出した鈍重な沈黙も、下穿きを着けるのを忘れて行ったことも、すべてがそれを証《あか》しているではないか。アヤちゃんは言葉らしい言葉をほとんど口にしなかった。ただ私の霊を火のように貪るだけだった。鈍重な沈黙と思ったのは、あれは必死で怺《こら》えていたのだ。恐らくは生島に累の及ぶのを気遣って。

併しごうちゃんはセイ子ねえさんに何をどう言うたのか。ことを眉さんにも告げたのか。恐らくは言うただろう。言うたとするならば、それはあのアヤちゃんが櫻ん坊を持って上がって来た午後か、あるいはそれよりあとか。眉さんが「あの男にも櫻ん坊を持って行ったれ。」と言うたのは、どういう意図があってのことか。あるいは、「あいつガラス鉢空《から》にして来よった、面白《おもろ》いやつや。」と言うたというのは、どういうことか。併しそれにしても、アヤちゃんの身に起こったこととは何なのか。セイ子ねえさんが帰ったあと、私はまた仕事を続けようとしたが、併しすでに私は気が動転し、物が手に付かなくなっていた。

併しどんなに大きな動転も、時が経てば少しずつは収まって来る。いや、それよりも、夕刻になれば確実にさいちゃんが来ることが、私を仕事に向わせた。そのさいちゃんが帰ったあと、私は裏手の空地へ新鮮な空気を吸いに行った。併し夏の夕暮れの凪《な》いだ温気《うんき》が澱んでいるだけだった。蝦蟇の屍《しかばね》はなくなっていた。しばらく土管の上に坐っていて、戻って来ると、階段下で眉さんに逢った。咄嗟に、目を潰されたあの鶏のことが浮かんだ。が、眉さんはちらと私を見ただけで行き過ぎた。

横を見ると、廊下の奥に、アヤちゃんが鍵を掛けようとしていた。こちらを見た。一瞬、小暗い廊下の奥にアヤちゃんの目が動いた。私は息を呑んだ。併しすぐにアヤちゃんは何事もなかったかのように、私を見て歩いて来た。私は突っ立ったまま、己《おの》が心臓の烈しい動悸の音を聞いていた。アヤちゃんは見知らぬ人に意を払うように、黙って私の前を行き過ぎた。私は廊下の暗い奥を向いたままだった。行き過ぎたアヤちゃんを振り返ることも出来なかった。

十八

それからはまた、アヤちゃんは下の部屋にいるようだった。アヤちゃんは、ごく普通におさんどんをするような女ではない。店屋物を取って喰うた器が、よく廊下に出してあった。次ぎに逢ったのも、階段下だった。その時は出前の器を取りに来た近所の女と、何か話していた。その女の肩越しに目が合ったが、併しきわ立った反応は見えなかったし、私もそこに立ち止まるわけには行かなかった。二階の自分の部屋へ戻って、息を殺してじっと待っていた。併し何が起こるわけでもなかった。

以後も時々、アヤちゃんの姿を見た。目が合うこともあった。が、アヤちゃんの内面が顔に現れたのは、廊下の奥に目の色が動いたあの時一度切りで、以後は特に口を利くでもなく、さらにそれ以上の何事かがあるわけでもなかった。目が合えば、些少の意識のこわばりはあるようにも思いなされたが、寧ろアヤちゃんは私を見知らぬ人として振る舞っていた。無論、それはそれで不自然なことではあるが、併しそれ相応の考えがあってのことに相違なかった。そのあたりのことを汲んで、私も極力アヤちゃんには近づかないようにしていた。俯いてアヤちゃんを見ないことによって、私も己れの中の耳が遠くなるような欲情を堪えていた。いや、それ以上に、物欲しそうな目でアヤちゃんを見て、眉さんに何か感づかれるのを極端に恐れていた。

併しどうしても気懸かりなのは、セイ子ねえさんが来た時に感じた恐ろしいことだった。私はどんな些細な変化をも見逃すまいと、全神経を集中してアヤちゃんの素振りを見ていた。併しアヤちゃんの顔色にはそれが見えなかった。と言うことは、セイ子ねえさんが言うたように、アヤちゃん自身はまだ知らないことなのかも知れなかった。無論、セイ子ねえさんもあれ以後、私に何かを言うというようなこともなかった。セイ子ねえさんのことであるから、何とは言うことのない顔をしていても、それとなく私に鋭い警戒の目を配っているのは感じられたが。

すると日が経つに従って、先夜あのようなことがあったのが、まるで悪夢の中の出来事ででもあったかのように感じられた。併し先達てのことが、だし抜けに起こったように、いつまた不測の事が出来《しゅったい》するかは知れないことだった。あの夜、アヤちゃんは何を思うて上がって来たのか。私を哀れに思うたのか。好いてくれたのか。そんなことではないだろう。私はアヤちゃんの中にひそんでいるあの「素足の女。」が恐ろしかった。

アヤちゃんの下穿きは冷蔵庫の中で冷えたままだった。

夜、その冷蔵庫にもたれて、七月末の酷暑の中に、茫然としていると、高校生のころ蝶採集に夢中になって、夏の野山を目の色を変えて駆け廻っていた時のことが思い出された。美しい蝶に孤独なあこがれを放ち、夏の雪彦山であさぎまだらを初めて白い網に捕えた瞬間の嬉しさは天にも上《のぼ》る思いだった。そして、ガラス箱の中に沢山の標本を並べた。あれは屍体愛好癖だったのだ。ふと、隣りの部屋にあの「おつたいがなァ、うろたんりもォ……。」という呪文のような経文のような言葉を聞いた。最前から男女が来ているのは知っていたが、この呪文を誦《じゅ》す女が来たのは何週間ぶりかのことだった。私はアヤちゃんとの愛のいとなみを心に思いながら「おにくたぎなやァ、こつなちぐひィ……。」と小声に唱和した。

露地の入口に、晋平ちゃんがしょんぼり立っていた。私の顔を見ると、

「おっちゃん、あのな。」

と哀切な目で話し掛けて来た。

「おっちゃん、あのな、僕な、澄子ちゃんに折ってもうた折紙、全部ぱあにしてしもてん。」

「えッ。」

「あのな、僕、折紙の上にお茶こぼしてしもてん。乾かしたんやけど、兎さんも鰐《わに》さん

もこないなってしもてん。」

晋平ちゃんは折紙の兎さんや鰐さんを出して見せてくれた。色が滲《にじ》み、兎や鰐の足もへたっていた。

八月に入ると、暑気はいよいよ烈しくなった。臓物の腐臭が部屋に充満していた。午後、向いの部屋に眉さんがいるようだった。が、別に仕事をしているような気配はなかった。私は意を決して戸をたたいた。返事はなかった。も一度、たたいた。いきなり戸が開いて、眉さんの顔がぬと覗いた。

「何や。」

あの恐ろしい目だった。

「あの、いつぞやお預かりした箱のことですが。」

「あれか。」

「それで、その後、お声がないものですから。」

「あれは大事なもんや。」

「それやったら。」

「すまんけど、いろいろ事情があって、もうちっと間《ま》預かっとってくれんかの。」

「いえ、そんな大事なものやったら、なおのこと私も心に懸かりますし。」

「わしにとって掛け替えのないもんやからこそ、きみに頼んだんやないかえ。」

「私は……。」

「きみには駅で一萬円渡してある筈や。」

私の顔色が変った。

「いや、あれでは少し少《すけ》ないかも知れんけどの。」

「あの、大事なもん言うて、中は何でしょうか。」

「なんでそんなこと訊くんや。」

眉さんが目を据えた。しばらくじっと私を見ていた。汗が私の頬を伝った。

「きみはわしンとこの晋平を手《て》懐《なず》けて、遊び相手にしとるやないか。」

咄嗟に、眉さんに「嘘つけッ。」と言われた記憶が蘇った。

「おお、あれはどういうことや。次ぎはアヤ子か。」

私は声が出なかった。

「欲しかったら、くれてやってもええど。きみがアヤ子に色目遣いよるのは、見えとるが。」

「いえ、私は――。」

「私は何や。私はアヤ子に惚れとります、いうことか。アヤ子も生島さん、生島さん言うて、えらいおめこの虫が揉《も》めとるが。」

私は更に言葉に詰まった。

「あの、私は今日はお預かりした箱のことをご相談しようと思いまして。」

「あれはさっきも言うたように、きみが預かっといてくれんかの。もうしばらく。」

「そうですか。では、いつ迄。」

「生島くん、きみは一つ一つそないしてはっきりさせせんと気がすまんのか。はっきりさせとうても出来んことがあるからこそ、わしはきみに頼みよんやないか。わしはきみをアマの駅ではじめて見た時から、この男はええ男や思た。」

「いえ、私は物の数にも入らん男です。」

「そうやろの。アヤ子が生島さん、生島さん言うての。」

「あの……。」

私は一刻も早く切り上げようと思いつつ、併しいつの間にか、もっとアヤちゃんのことを言うて欲しい欲望に取り憑かれていた。

「生島くん、きみアヤ子をどないどしたってくれんかの。切ながっての。」

「ほんまですか。」

という言葉が危うく出そうになった。も早、眉さんのからかいは、明らかに罠《わな》だった。

「あの、私の部屋は鍵が毀《こわ》れてますので、大事なものをお預かりしとくには。」

「誰ど盗人が入る言うんか。」

「萬が一いうこともありますし。」

「その時はきみは責任感の強い男やさかい、ええようにしてくれるやろ。」

「いえ、私のような無能《スカたん》には、その時どないもしようがありませんし、また彫眉さんにもえらいご迷惑をお掛けすることに。」

「きみ、いつからわしのことを彫眉さん言うようになったんや。おおッ。」

「あッ、どうも失礼いたしました。」

「そうすると、きみはわしの頼みは聞けん言うのやな。」

「いえ、決してそういうことでは。」

「こななこと言うのも何やけど、あれはわしの命の次ぎに大事なもんや。けど事情があって、それをきみに預かってくれ言うて、男が頼みよんやで。それをきみは蹴る言うのか。」

これではどこまで行っても蒟蒻《こんにゃく》問答だった。

「ほな、私は今日まであの箱をお預かりしたことを誰にも言うてませんが、一遍伊賀屋のねえさんに相談させてもうてもええでしょうか。」

「あ、あの婆ァはあかん。あれは欲得づくだけで生きとる女《おなご》や。きみのように、中が見となる欲望に打ち克てる人間やない。」

この時、私ははじめて「おや。」と思うた。眉さんは語るに落ちたのではないか。箱を私に預けたこと自体が、私に対して仕掛けられた陥穽《かんせい》なのではないか。とすれば、中身は大したものは入っていないということになるが。無論、そう断定できる根拠もあるわけではないが。

「生島くん、きみは私心のない男や。」

「えッ。」

「わしはきみの仕事ぶりをその日その日見とって敬服した。あななしょうもないことを、ようあれだけ毎日根詰めて出来るの、思て。それも、ただみたいに安い銭で。」

「いえ、私はただの……。」

「それだけやない。仕事が終ってもTVを見るでなし、博奕をするでなし。アヤ子の気が揉めんの無理ないで。あの人、古代の少年のミイラや吐《ぬ》かしての。」

「…………。」

「こない言うのも何やけど、わしもそれなりにひとかどの仕事をして来た男や。けど、きみのようなことは出来《でけ》ん。あななしょうもないことをその日その日。一体、伊賀屋のあの糞婆ァは何考えとんや。病気で死んだ牛や豚のはらわた客に喰わして。」

　私はすでに少しいら立っていた。

「生島くん、きみ一遍アヤ子のおめこさすってやってくれんかの。豆がうずうずしとるが。わしの指がさわったら、豆はきみにさすって欲しい言うて、いそいそしとったが。」

「いえ、私はそんな。」

「ええおめこの汁しとるど。」

眉さんは意味ありげな薄笑いを浮かべて、私をじっと見た。

「わしは自分の仕事に身が入らんが。」

「あの、私これで失礼いたします。」

彫眉さんは最後は自分の言葉が罠であるということまで私に見せた。つまり二重の罠を私に仕掛けたのだ。言葉の内容それ自体が一つの罠であり、それが罠であることを私に暗示することが、さらに二重底になった罠であり、のみならず、アヤちゃんと私がすでに一度は乳繰り合《お》うたのではないかと疑っていて、あのような言葉の陥穽を仕掛けたとするならば、そこにも、もう一つ、底知れない罠が仕掛けられていることになる。いや、それだけでなく、それとなく箱の中身を覗きたくなるように仕向けたことも、私の仕事ぶりに敬服したと言うたことも、まぎれもなく甘いささやきであって、途中、一度はこの言葉の陥穽に危うく足を滑らしそうになったことを思えば、恐ろしい男だと思わないわけには行かなかった。

いや、眉さんが恐ろしい人であるのは、実際、私もこの目で見たことである。あの鶏の目を思えば、十分だ。問題はまず、眉さんがあの謎の箱を私に預けて来たことだった。あの時点ではあの箱を厄介なものを預けられたとは思うたが、まさか罠であると迄は考えていなかった。するとアヤちゃんがだし抜けに上がって来、あの突然の惨事のようなまぐわいが果てて見れば、あの箱がだんだんに私に喰い込んで来た。それでも鈍物の私はまだあの箱が罠であるとは思うてもいなかった。アヤちゃんが上がって来る前に、眉さんはごうちゃんからささやかれるかどうかして、私のアヤちゃんを見る目差しの中に、危ういものがふくまれていることを察知し、あのような罠の箱を仕掛けることによって、まず様子を見、あとはなり行きで因縁を吹っ掛けるとか、どうとかしようとでも考えたのだろう。

　ところが、アヤちゃんはアヤちゃんでこの動きを知り、恐らくは眉さんとのあいだにもそれ相応の悶着があって、併しこの種のやり取りは逆に火をつけるとか、煽《あお》るということはままあることである。アヤちゃんはそれならば、あの突ッ転ばしを、と考え、眉さんと晋平ちゃんの留守を盗んで、いきなり上がって来たのだろうが。それで魂の底から金玉が慄え上がったのは私であり、それを至福と感じたのも私だった。

　併しそれにしても、アヤちゃんはなぜ上がって来たのか。眉さんの「アヤ子は切ながっての。」という罠の言葉だけでは、到底腑に落ちないことだった。ことにもあの物に狂うたような烈しい愛撫は。眉さんの「アヤ子も生島さん、生島さん言うての。」という言葉は、明らかに眉さんによって色をすり変えられた口三味線であり、併しそう言われると「もっと言うて。」という気持になるのは「腐れ金玉が勝手に歌を歌い出す。」ような言葉の魔力だった。

けれども、アヤちゃんと私がすでに一度は愛のいとなみを交したことを眉さんが知れば、どうなるのか。あの神社の境内の鶏のようになるのか。それは考えるだに、身慄いするほど恐ろしいことだった。「生島くん、きみ一遍アヤ子のおめこさすってやってくれんかの。えらい虫が揉めとるが。生島さん、生島さん言うての。」眉さんによって捏造された言葉だということは分かってはいても、それは捏造された言葉であるがゆえに、さらにいっそう生々しいアヤちゃんの声になって、私の耳に響いた。

十九

宵の口に戸をたたく者があった。ある緊張を覚えた。「どうぞ。」と言うと、思いもしない男が入って来た。山根庸二だった。山根は私の顔を見るなり、

「生島さん、私はあなたを見つけましたよ。」

と、笑った。東京でのある時期、私とは少し入り組んだ関係にあった男だった。

「どうして分かったんだ。」

「そりゃ分かりますよ。」

私は目の前の臓物を見た。見られたくない姿だった。私もここでは土管の底の蝦蟇《がま》だった。晋平ちゃんの叫びが心に届いた。

「上がってもいいですか。」

「あ、どうぞ。」

「随分捜しましたよ。あなたのお袋さんに問い合せの手紙書いたら、あの子は捨てた子です、私もどこにいるのか実際知らないのです、という返事が来ました。私は驚きましたよ。」

「そうか。お袋は本当に俺がいまどこにいるか知らない筈だ。もう長いこと逢っていない。二年ほど前に一度逢った時も、いまどうしているんだとも尋ねなかった。」

「えらい人ですね。」

「いや。俺に失望したんだ。」

「私も失望しましたよ、あなたの不甲斐なさに。まさか、と思いましたよ。」

　実際、私は人にも、母にも、失望されるだけの突ッ転ばしでしかなかった。自分で自分に失望していた。だが、この山根が私を捜して訪ねて来たというのは何なのか。私はそれに値するような男か。いや、山根が訪ねて来たことは、私にとっても、よもや、の出来事だった。この男は、某新聞社で各種スポーツ大会の裏方を務めるような部署にいるが、ある独特の冷たい感触を持った人だ。ある一定の距離内には決して人を近づけないし、またみずからもその則《のり》を越えて人には近づこうとはしない。押せば簡単に引っ込むが、併し次ぎの瞬間にはいつも、もう元の状態に戻っていた。こちらがこの男にまつわることを何か訊くと、「ま、いいじゃないですか。」と言うて、決してみずからのことは口にはしない。親しくしていたと言えば親しくしてはいたが、併しこの人は絶えず、私の手の届きそうでいて届かないところにいた。

「きみは何しにここへ来たんだ。」

「無論、あなたがいま、どういうざまで生きているか、見届けに来たんですよ。あるいはもう死んでしまったのなら、どういうざまで死んだのか、それを見届けたいと思いましてね。」

「そうか。」

「いやいや、お元気で何よりでした。と言っても、あなたがいまどんなに困った状態にあろうと、私には何かしようという気なんて、かけらもありませんがね。」

「そうだろうね。」

「あなたがいまどういうざまでいるか、それを見に来ただけです。私にとっては、あなたの末路を見届けることが出来れば、それで十分なんです。いや、失礼ながら、とことん、どこまでも見届けたいと思っているんですよ。」

「これがいまの俺の生活だ。この臓物の腐った臭いが。」

「あなたには、いろいろ教えていただきましたしね。今日は呑みませんか。」

「うん。」

山根は近所の酒屋で、一升壜《びん》とつまみを用意して来ていた。私は東京生活の末期、この男にさんざん酒をたかり、金の無心をし、併しそれをすべて踏み倒して来た。何か意地になってそういうことをしていたのだが、この男は一度も厭な顔を見せたことがなかった。いや、この男がいつか音《ね》を上げて、厭な顔を見せるのが見たくてそういうことをしていたのだが、併し山根はいつもそ知らぬ顔をしていた。それを私に「いろいろ教えていただきましたしね。」と言うているのだろうが。

「あなたそんな仕事、今日は止めたらどうですか。」

「そんな仕事、と言ったって、これがいまの俺の仕事だ。」

山根は唇を舐めた。

「あしたの朝には確実に取りに来る。きみだって会社の仕事があるだろ。」

「何言ってるんですか。そんなことはあなたの仕事じゃないでしょう。」

「いや。これがいまの俺の仕事だ。」

「じゃ、そんなことをこれからもずっとやって行くんですか。」

「山根さん、きみはそんなこと言うけど、焼鳥の串刺しを一生の生業《なりわい》にしてる人はこの世にはようけおる。きみだってそのお陰で焼鳥屋で焼鳥喰いながら酒が呑めるんじゃないか。」

「いや、そうじゃないですね。私が言ってるのは、そういうことじゃないですね。そんなことは、あなたでなければ出来ない仕事じゃないでしょう。ほかの人でも出来ることでしょう。そんな焼鳥の串刺しなんか、私の嫁に行った姉だって家でやってますよ。」

「ほう、きみの姉さんは別嬪《べっぴん》さんだからな。飛び切りの才媛だしな。」

「生島さん、私は焼鳥の串刺しを馬鹿にしてんじゃないんですよ。それはそれで相当に根気がないと出来ないことだってことぐらいは分かってて言ってるんです。だけど、それはあなたの仕事じゃないな。」

「そうか。だけど、きみは馬鹿にしてんだよ。俺だって小馬鹿にしてるもん。」

「じゃ、どうしてここでこんなことやってるんですか。」

「ほかに行くとこがないからさ。」

「それは嘘ですね。」

「いや。俺にはも早、ここ以外にいるところがなくなってしまったんだ。」

「いや、そうじゃないですね。あなたの中には恐ろしいものがある。あなたは捨身ですからね。あの女が私に言ってました、あの人は私にはこの上なく親切な人です、乱暴なこともしないし、真面目だし、話は面白いし、だけど私はあの人といっしょにいると、時々何とも言えない恐ろしさを感じるんです、って。自分では鶏の卵を温めている積りでいるのに、ふとこの卵は毒蛇の卵ではないかしらって感じる時があるんです、って。女の直感てのは凄いものがありますからね。」

「そうか。俺にもそれは言ったよ。併し俺にはそれが何を言われているのか分からなかった。あの女はきみと同じように、俺に失望したんだ。」

「あの女は、あなたが恐かったんです。」

「いや、あの女と付き合っていた時はそうではなかった。」

「それはそうです。あのころあなたは誰が見たって平凡な会社勤めをしていました。だけど、女はあなたより先に予感してたんです、今日《こんにち》、こうなることを。」

「俺はどうもならんよ。昔のままの俺だ。」

「生島さん、あなたはあの女の予感通り、自分で自分を崖から突き落としたんですよ。あのころ、あの人は恐れていましたよ。生島さんはいまはこんな風だけど、いつ何をやらかすか分からない人だ、って。」

「そうかな。」

この男は、私が女に意があることを察知すると、女から身を躱《かわ》した。併しもともと女の意が、この山根にあるのは見え隠れしていた。この男が身を躱したことによって、それが剝き出しになった。女はひりひりした。あわてて取り繕おうとした。が、もう遅かった。山根は私を深川森下町の料理屋に呼び出して、「私は降りますから。」と言うた。併しそう言われれば、私としてはなお辛いものがあった。女の剝き出しになったこの男への思いが、色にそまって、はらはらしていた。私が私かに《ひそ》女に意を用いなかったら、恐らくはなりゆきでこの男は女を受け容れていただろう。併し山根は私を問い詰めた揚句、「そうですか、生島さんがあの人をねェ。いやいや、うるわしいことじゃないですか。なるほど。併しあなたのそういう意を知った以上、私にはあの女を受け容れることは出来ません。」と言うのだった。何か身に穢《けが》れをあびた、とでも言いたげな物言いだった。

「生島さん、あの人がいまどうしているか知りたくはありません？」

「……………。」

「知りたくないわけはないですよね、あれほどご執心だったのですから。」

山根は口の内側で舌を動かして、薄笑いを浮かべた。

「ある時、あの女はあなたの部屋の押入れの奥に匕首《どす》が仕舞ってあるのを見たんです。」

「えッ。俺はそんなもの持ってないよ。」

「とぼけないで下さい。生島さん、私は知ってるんです。あの当時、あなたがある人を狙っていたのを。」

「……………。」

「あの女はあなたの隠し持っていた匕首も計画書も見たんです、斬奸状も読んだのです。いかにも大《おお》時代なことが好きなあなたらしいことですがね。」

「……………。」

「あなたは暗殺を諦めた代りに、自分自身を崖から突き落としたんです。そして、いまも自分をぎりぎりのところまで追い詰めようとしている。そうでなければ、そんなあなた自身が小馬鹿にしてることを、なぜそんなに一生懸命やる必要があるんです。さっき、あの伊賀屋の女の人も言ってましたよ。」

「えッ。きみはあの婆ァに逢ったのか。」

「当り前ですよ。うちはあななことをあれほど一生懸命やる人見たことない、って。あなたあの匕首《どす》はどうしたんです。」

「………。」

「生島さん。あなたにはあなたでなければ出来ない仕事があるでしょう。どうなんですか。」

無論、私は山根の言う「あなたでなければ出来ない仕事。」が何であるかは分かっていたが、

「そんなものはいまの俺にはない。俺はただの表六玉《ひょうろくだま》だ。この世を失っただけの男だ。」

「いや、そうじゃないですね。」

「そんなこと言われたって、いまの俺は。」

「生島さん。何を甘ったれたことを言ってるんです。」

「いや、俺はこれでいいと思ってるんだ。」

「本当にそう思ってるんですか。」

「ああ。気楽なもんだ。」

「気楽だと。もう一遍言って見て下さい。」

「山根さん。俺はもう自分を見捨てたんです。」

「……………。」

「俺には、もう捨てるものは何もない。あとはこの……。」

「生島さん、あなた私の目を見て物を言って下さい。」

私は山根を睨み返した。

「生島さん、あなたいまでもまだ小説書いてるんですか。」

「小説？　そんなものは書いてないよ。」

「ちッ。」

山根は舌打ちした。

「生島さん、あなたにはもう早、小説を書く以外に生きる道はないんです。人には書くことによってしか沈めることが出来ないものがあるでしょう。尤も小説を書くなんてことは、池の底の月を笊《ざる》で掬《すく》うようなことですけどね。」

「詰まらんことだ。」

「ちッ。俺、来て損したな。生島さん、あなたが書かないんだったら、俺はもうあなたと付き合う気はねえよ。」

「――。」

この男と知り合ったのは、私が「田舎の葬殮《そうれん》準備」という小説を書いて某雑誌に投稿し、それがだし抜けに拾われたころだった。正子から「お友達なの。」と紹介されたのである。私と同じように恐ろしいほど生真面目だった。

そもそもがその日その日の会社員《サラリーマン》生活に、私は鬱屈し、もがき、うめき、自分を生き返らせてくれるものを求めてさ迷い、越後新発田《しばた》の道具屋で、匕首を手にした。道具屋のおやじの話では、若くして後家になった女が「死んだ主人がこんなもの持っていたなんて、うちは知らんかったよ。」と言うて、売り払ったものであるとか。刀身に「粟田口近江守忠綱」の銘があり、白刃の腹に深い傷があった。刃に私の衰弱した顔を写し見ると、悲しげな目が私を見ていた。東京へ戻ると、私はその匕首を押入れに仕舞った。それだけのことである。が、前の持ち主の魂が押入れの中に息をひそめているような気がした。小説はその気配に憑かれて、一気に書いた。

私が近所へ鮨を買いに行っている隙に、セイ子ねえさんが来て、山根と坐っていた。咄嗟に、これはまずい、と思うた。セイ子ねえさんが刺身や、私の刺した臓物を焼いて持って来ていた。

「あんた、この人な、いろいろ尋《たん》ねてんねやけど、うちは困ってしまうが。」

「いや、いまあなたの日日《にちにち》のことをこの方に。」

山根はすでに私と一升壜を半分以上も空けて、少し酔うていた。

「この人、刑事の聞き込みみたいに、うちを訊問してん。生島はん、この人何え。」

「いや、この男は私の東京時代のだちです。」

「それはそない言うて、訪《たん》ねて見えた時から自分で言うてはったけど。けど、人のこと根掘り葉掘り訊き出すいうのんは。」

「山根さん、いま何時ですか。」

「九時四分前だ。」

伊賀屋ではいまが一番忙しい時だ。そのことを暗にセイ子ねえさんにうながすために、わざと尋ねたのだが、ねえさんは動く気配もない。私が顔に怪我をした時は、見に来てすぐに帰ったが。私は買《こ》うて来た鮨と、冷えた罐ビールを三人の前においた。三人はそれぞれに一気にビールを呑んだ。するとセイ子ねえさんが言うた。

「うちはな、この人、気色の悪い人や思とんや。」

「えッ。」

「生島はん、なんぼあんたのお友達かも知れんけど、この人な、彼はなんでこんなとこにいるんですか、言うて訊きはるねん、うちィ訪《たん》ねて見えた時。うちは、そななこと知るかいな、言うてん。」

「いや、どうも失礼なことを申し上げまして。」

山根は口からビールの泡を吹いた。

「失礼なこと言うて、あんさん、山根はん言うんでっか、あんさんの本音がよう出てますやないか。こんなとこ、とは何ですねん。」

「いやいや、どうもまことに失礼なことを申し上げまして。」

窓も廊下の戸も開け放ってあるが、逃げ場のない暑気が部屋に動かなかった。

「生島はん、あんたいまこの男は私の東京時代のだちや言やはったな。と言うことは、あんたもこなな男と一つ穴の貉《むじな》や言うことや。」

「いや、ねえさん、確かに私はこの男とは東京時代には親しいにしておりました。この男の言うたことについ本音が出たとしたら、それは私の本音です。そのことは重々お詫びいたします。けど。」

「けど、何やいな。あんたなんでこななとこにおるんや、うちも聞かしてもらいたいわ。それはみな思とうことや。この男なんでこななとこに燻《くすぼ》っとんや言うて。」

「そうですよ、生島さん。」

「あんた、何えッ。口が軽い。」

山根は唇をつぼめた。

「いや、セイ子ねえさん、私はここへ来てよかった思とんです。それは嘘やないんです。

先ほどこの男がお店で洩らしたことが、それがそのまま私の本音やとしたら、これも私の本音です。もう一つの本音です。」

「そうか。」

「そうです。」

「そうか。あんたらインテリやわな。物の言い方が上手やわな。うちみたいな者《もん》言い包《くる》めるぐらい、赤子の手ェひねるようなもんや。けど、それはあんたがなんでこなとこに燻っとんのかいうことの答えにはなってへんな。」

「生島さん。どうなんですか。」

「うるさいなッ。あんたは。あんさんよそから来た人やろ。」

山根はまた口からビールの泡を吹いた。

「いや、私は突ッ転ばしなんです。腰抜けなんです。」

「生島はん、あんたもうよう分かってはる思うけど、あんたそれではここでは生き抜いて行けけんで。ここへ来る女《おなご》で、おつたいがなァ、うろたんりりもォ、言うて、虫の息の念佛唱えとる女《おなご》がおるやろ。」

「はあ。」

「あんた口ではそなな言うて、私はあかん男です、言やはるけど、誰でも口先と実際とは違うでな。あの女《おなご》は口先だけであの念佛言うとんのと違うでな。あの女《おなご》に銭払《はろ》て抱か

が。」

一つの沈黙が訪れた。無論、山根には念佛の具体的な声は聞こえなかっただろうが。白い蛾が傘電球にまとわり付いて翅《はね》を慄《ふる》わせていた。

「生島はん、あんたわが身では、そななわが身のことを突ッ転ばしや腑抜けや言やはるけど、そななことはインテリのたわけ言やで。ちゃんと言葉になっとうが。あの女《おなご》の念佛は言葉になっとうへんがな。おつたいがなァ、やがな。あれ口から血ィ吐く思いでああない言よんやで。」

「そうですよ。生島さん、ちゃんと考えなくっちゃ。」

「あんたッ。うちが言よんのは、それがインテリのたわけ言やいうことや。」

「いやァ、あはは。OK、OK。」

酔うた山根は、すでに少し箍《たが》が緩んでいた。

「生島はん。この人、佛さんみたいな人やで。あんたをわざわざこななとこまで捜しに来やはったんやで。うちはあんたがなんでこななとこに燻《くすぼ》ってはるのか知らんでもええ。知りとうない。けど、うちはあんたにうちのこと預けたんや。」

「いや、私は——。」

「あんたは一ト言、分かりました、とだけ言うて、駅前の電話ボックスへ行ってくれた

「………。」

「あれがあんたや。何が突ッ転ばしなもんやろ。」

「いや、あの時は――。」

「そうだ、そうだ。OK、OK。」

「生島はん。この人、面白い人やで。店でな、うちに、生活いうて何ですか、言うて尋《たん》ねはんねで、直立不動で。うちは、そななむつかしいこと知りまへん、言うてんけど。」

「いや、あなた、伊賀屋の方、生活って何ですか。OK、OK。」

「そななことは、あんた自分で考えなッ。考える能がないんがインテリや。」

セイ子ねえさんは本気で怒っているような声を出した。

「やれ、マルクスはんがどう言うたの、福澤諭吉がどうの、人の言うたことは何でもよう知っとうけど。うちィ来てそなな議論ばっかししとう人がおるが。あななもんインテリの猥談や。」

「いやァ、面白いですね。OK、OK。」

大阪湾の夏の夜の烈しい凪《なぎ》がこの部屋を圧し、蛾は執拗に傘電球にまとわり付いていた。

「ねえさん、私にも実際自分がなんでここにおんのか分からへんのです。」

「えッ。」

「パンツのゴム紐が緩んでずり落ちるみたいに、私はいつの間にや、ずるずるここへ来てしもたんです。」

「そらそうやろ。どうせあんたのことやさかい。うちかて自分がなんでここにおんのか分からへんが。」

「そうですか。」

「当り前やないか。そななことが分かる人がこの世におるか。」

「ＯＫ、ＯＫ。」

「うるさいなッ。あんたは。」

「あはは。」

「生島はん。この人、あんたに逢《お》うてえらいご機嫌さんやがな。」

「いえ、私は不愉快だから、東京からここへ来たんです。あはは。」

「阿呆ッ。」

「いや、あなた、伊賀屋の方、こんな男のことを心配してないで、もっとご自分のことをお考えにならなくっちゃ。」

　セイ子ねえさんは一瞬、山根の顔を見て、言葉を詰まらせたが、

「あてだっか、あてのことはどないでもええんだす。」

「そんなことはないでしょ、あなた。」

「いや、うちは——。」

「ねえさん。」

「ほな、うちは店へ帰るで。えらい邪魔したたな。」

山根は病死した豚のモツ焼きを喰うていた。私も喰うた。無論、これを口にするのは初めてのことだった。山根は知らないで喰うているのであるが、併し山根が喰う以上、私も喰わないわけには行かなかった。

セイ子ねえさんは何を思うて、こななものを焼いて持って来たのか。夜道を急ぎ足に帰るセイ子ねえさんの孤独な背中が浮かんだ。向《むこ》ッ気は強いが、も早誰からもかえりみられない、老いの色の濃くなって来た女である。ねえさんがこの部屋へ持って来た欅《けやき》の盆栽が、それを物語っていた。併しねえさんにはいらざるお節介はしない方がよかった。血を流して一人で生きて来た女《おなご》なのだ。ねえさんは山根のことを「佛さんみたいな人。」と言うた。この男は四年近く私を捜して、ここへ来たのだ。私がそれに値する男であるとは迚《とて》も思えなかったが、併し山根がここへ来たこと、これは何事かではあった。

二十

セイ子ねえさんが持って来た欅《けやき》の盆栽が枯れはじめていた。一日中、日の当らないこの部屋の暑熱の中では、いくら水をやっても堪え得ないのだ。併し私の中にはこれを枯らしてなるものかという気があった。夜露と朝日を呼吸させてやろうと考え、毎晩裏の空地へ持って行き、朝さいちゃんが帰ると取りに行った。けれども、いったん致命的な衰弱の段階に入った生物《いきもの》は、容易に生命力を恢復《かいふく》しなかった。だんだんに枯れ色は濃くなって来た。

人の中には佛と鬼が同居している。無論、山根庸二とてその例外ではない。山根が来たことは私に何かを感じさせた。折角新聞社へ入りながら、新聞社では花形の編輯《へんしゅう》局は端《はな》から希望せず、催し物の裏方をする部署を望んだような男である。山根に一貫しているのは、己れは暗がりに身をおいて、そこから、日の当る場所にじたばたする人たちを見て生きようという目差しである。同じ目差しで、その後の私を見に来たのだ。こちらが山根のいまについて尋ねても、このたびも「ま、そんなことはいいじゃないですか。」と笑うて、己れのことについてはかけらもしゃべらなかったのも、以前の通りだった。併し一つだけ違っていたことがあった。ただ単に私のいまのざまを見に来ただけではなかった。

山根は「池の底の月を笊《ざる》で掬《すく》え。」と言いに来たのだ。が、それも、つまりそれだけのことだった。この言葉を私に告げることによって、山根が命を失うわけではなかった。そんな言葉が、私の骨身に沁みるわけがなかった。だが、あの夜、アヤちゃんが闇の中で私に言うた「起って。」「外して。」「あッ。」「して。」などという言葉は、これらの言葉を言うことによって、アヤちゃんは命を失うかも知れないところで、発語したのだった。山根が言うたのは、書くことによって私が命を落とすかも知れない言葉を書け、ということではあったのだろうが、併しそう言うことによって山根みずからが命を失うかも知れない言葉ではなかった。そういう謂《いい》では、口先の言葉であり、併しアヤちゃんの言葉はアヤちゃんの存在それ自体が発語した言葉であって、そうであって見れば私の中に残した衝撃の深さは、私の存在を刺し貫くものだった。

それを思うと、山根は小説を書けとかどうとか言うていたが、そう言われれば言われるほど、むッとするものがあった。誰が小説など書くものか、という反感が込み上げて来る。寧《むし》ろ私が小説を書くことに固執しているのは、山根自身の方ではないのか。併し小説を書くなどということは、別に崇高なことでも何でもない。病死した牛や豚の臟物をさばくのと何変りがあろう。同じ一人の女を愛し、ともに失った二人の男。山根が四年もの間、私を捜して、訪ねて来たというのは、それはそのまま山根の喪失感の深さそのものではないのか。

向いの部屋は、ひっそりしていた。あの髪の赫《あか》い女も、もう来ない。いや、八月初めに彫眉さんに毒づかれて以後、眉さんの姿を見ることはなかった。下の部屋に晋平ちゃんの声を聞くこともなかった。アヤちゃんがいるような気配もなかった。盆休みの日の午後、烈しい暑気の充満する、小暗い部屋に転がっていると、堪えがたい息苦しさを覚えた。が、どこへ行きたいとも思わなかった。蠅が一疋、ゆっくり部屋の中を旋回していた。

日盛りの午後、私が仕事をしていると、セイ子ねえさんが簡単服の胸元をはだけて入って来た。何か切迫したような息づかいだった。あの山根が来た夜以来のことだ。

「こないだは、えらい世話になりまして。」

「いやいや、ええがな。あの人が来たんで、反《かえ》ってあんたの素性が知れて、うちはよかったがな。」

いつも何か胸に刺し込むようなことを言う婆ァである。セイ子ねえさんは取り出したたばこを指に、手提げの中にライターを探っていたが、不意にこちらを見た。

「ところで、あんた眉さんから何ど預かってないか。」

「えッ。」

咄嗟にあの箱のことだと思うた。が、すぐに、

「別に。」

と言うてしまった。驚きが私の顔色に出たのは自分でも分かった。ねえさんはその顔色をしばらく、じっと見ていた。

「生島はん。この前も言うたけど、眉さんは恐《おと》ろしい人やさかいにな。あんた、それをよう考えて動かなあかんで。」

「はあ。」

セイ子ねえさんは、私の顔色が変ったのを見過ごしたのか。恐らくはそれと知って知らぬふりをしたのだろう。併し今更「実は。」とは言えなかった。と言うて、私には彫眉さんからあの箱を預かっているのは不安であり、セイ子ねえさんの言うように、眉さんが恐ろしい人であるのを私も知るだけに、より一層「実は。」と打ち明けたいような、併しまた眉さんが何であるかを知るがゆえに、打ち明けるのはさらに恐ろしいような、もつれの中へ絡《から》め取られた。セイ子ねえさんは険しい目をして、たばこを呑んでいた。すでに私の下着はじっとりし、呼吸するのが困難なほど蒸し暑い部屋の中である。セイ

子ねえさんのこめかみからも、汗が垂れていた。私は意を決して探りを入れて見ることにした。

「前は下の部屋から時々、晋平ちゃんの声が聞こえることがあったんですけど、このごろは、まったく聞こえて来《こ》うへんのです。」

「そうか。」

「それに彫眉さんも、このごろは二階へ上がって見えることは、ほとんどありませんし。いや、ついこないだ迄は、晋平ちゃんも彫眉さんも見掛けたんですが。」

「あの子は奈良の五條へやられたんや、里子に。」

「えッ。」

「まあ、捨てられたんやな。けど、こなとこにおるより、あの子にとってはその方がよかった。」

「そうですか。」

私は晋平ちゃんが、自分で自分の大事な折紙の兎さんや鰐《わに》さんを駄目にしてしまった日の失意の目を思い出した。

「えらい暑いな、この部屋。」

「はあ。」

「あんた、ようこなな部屋におるな。まるで焦熱地獄やないか。うちは息が出来《でけ》へんほど苦しいが。」

セイ子ねえさんは口を開いて、奥の銀歯を見せた。

「いや、私はほかにどこも行くとこありませんし。」

「何言うとんやッ。あんた、こないだあの山根たら言う人が訪《たん》ねて来たやないか。」

「ええ。来ました。けど、あいつは私のいまのざまを見に来ただけです。わしにはお前をすける気持はかけらもないからな、言うて帰りました。も一遍這い上がりたいんやったら、自分の力だけで這い上がれ、言うて。」

「ほんなら、あんた、そないしたらええやないか。」

「いや、私には――。」

「あんた、アヤちゃんに気があるんやな。」

「えッ。」

「何《なん》やいな、そなな声出して。ええ男が涎垂《よだれ》らすような声出しな。みっともない。」

「いや、別に私は……。」

「まあまあ、ええ。あんたの腐れ金玉が歌歌いよるが。ところで、明日《あした》からしばらくさいちゃんは来《こ》んさかいな。」

「と言うと――。」

セイ子ねえさんは、たばこを揉み消した。

「それだけのことや。」

ねえさんは手提げから茶封筒を取り出して、畳の上においた。いつも私に給金が支払われる時に使われる封筒である。

「これ今月のきのう迄の分や。さいちゃんはもうここへは来《こ》うへんさかいにな。」

「はあ。」

セイ子ねえさんは、ひたと私を見た。奥歯を噛んで、何か怒りを怺《こら》えてでもいるような、烈しい目だった。山根が来たことによって、セイ子ねえさんはこうしようと決めたに相違なかった。

「あんた、どこぞ行くとこあるか。」

「いや、別に。」

「そうか、何しろ急なことやしな。うちはもうあんたにはここにいて欲しないね。はっきり言うたら、ここから出て行って欲しいね。」

「………。」

「あんたはこなとこにおる人と違う。こなとこでは生きて行けへん人や。」

セイ子ねえさんは起って、冷蔵庫の扉を開けた。下の野菜入れにはアヤちゃんの下穿きがあの日の新聞紙に包んで仕舞ってある。

「まだ、だいぶ肉が残っとうな。これは全部さばいてもて。出来たら、済まんけど、明日《あした》でも明後日《あさって》でもうちィ届けてくれへんか。」

「承知しました。」

「うち、あんたに渡したいものがあんね。その時な。是非《ぜっぺ》やで。」

私もその時にあの匂い袋をと考えた。が、セイ子ねえさんは私に何を渡したいと言うのか。ねえさんは柱に手を掛け、下駄を履こうとした時、振り返った。

「あッ、そうや。あんた今日、アヤちゃん見掛けへなんだか。」

「いえ。この二、三日は――。」

「そうか。あんた済まんけど、アヤちゃんを見たら、うちィすぐ連絡するように言うてくれへんか。いや、いつどこで見た、いう電話を、あんたがくれるだけでもええ。」

「はあ、分かりました。」

セイ子ねえさんは私を見て、息を一つ呑んだ。

「これこそ是非《ぜっぺ》やで。」

「何どあったんですか。」

「あんたは知らんでもええことや。けど、是非《ぜっぺ》やで。」

セイ子ねえさんは出て行った。最後に私を見て息を一つ呑んだ時の目は、ただならぬ気配だった。

私はしばらく部屋にじっと坐っていたが、階段下へ降りて見た。一階の小暗い廊下の奥を見た。が、奥の部屋はひっそりしていた。人のいるような気配はまったくなかった。実際、この数日は下からは何の音も聞こえて来ないし、眉さんやアヤちゃんの姿も見ていなかった。晋平ちゃんはいつ奈良の五條へ連れて行かれたのだろう。迂闊と言えば迂闊だが、いつ最後に晋平ちゃんの姿を見たのかも曖昧だった。確かに何事かが起こっているのだ。

部屋へ戻ると、も一度冷蔵庫の中にあの新聞紙の包みがあるのを確認し、さらに押込みの中から眉さんから頼まれたあの箱を取り出した。何かある確実な重量のある箱だった。その時だった。部屋の戸がいきなり開けられた。

「岸田のねえさんは、おってないかのッ。」

この男も、何か差し迫ったような息づかいだった。あのいつも片手をポケットに突っ込んだ左右田《そうだ》だった。

「あの、さっき帰りはりましたけど。」

「どこへ行く言うて。」

「さあ、伊賀屋へ帰りはったんと違《ちゃ》うんですか。」

男はあわてて階段を駆け降りて行った。その靴音が私をせき立てた。何かいても立ってもいられない気持になった。と言うて、何をどうすればええのか、私には分からなかった。すでに何かが進行していることは確かなのだが、その出来事と私との接点がどこにあるのかが不明だった。いや、そもそもは私などとはまったく無関係のところで何かが起こっていて、その息づかいや足音だけが伝わって来るのに過ぎないのである。が、それでいて、私もそのすでに起こっていることに、少しずつ引き摺《ず》り込まれているような胸苦しさがした。

やがて夜が来た。部屋の中はいよいよ堪えがたい蒸し暑さになった。下の部屋からは何の物音も聞こえて来なかった。これからどうするのか。明日か明後日に残りの臓物をさばいてしまえば、いよいよこのアマを立ち去らねばならない日が来たのである。直接には山根が来たことによって、そうなったのではあるが、もとを糺《ただ》せば、すでに私は漂流物だった。無論、セイ子ねえさんは悪意があって、私を追い出そうとしているわけではない。も一度、しかるべきところへ帰れ、と言うているのだ。が、も早、私はその手《て》蔓《づる》も信用もすべて失っていた。どこに職を捜すにしろ、部屋を借りるにしろ、第一、私にはもう保証人になって下さいと頼める人がいない。浮浪者なのだ。保証人なしに職を得る途とては、パチンコ屋かイカ物屋か、いずれ水商売以外にはなかった。山根だって、私のいまのざまを見に来たに過ぎない。それは山根自身が言うた通りなのである。

二十一

翌朝、本当にさいちゃんは来なかった。こういう具体的な出来事によって、人は何かを思い知らされて行くのだった。冷蔵庫の臓物は今日一日、根を詰めれば、さばける量だった。私は新聞紙を解いて、アヤちゃんの下穿きを見た。ある苦痛を覚えた。すぐに仕舞うと、臓物のさばきに掛かった。出来るだけいつもと同じ呼吸でするように、自分に言い聞かせて。が、終ってしまえば、どうするのか。——荷物をまとめて、ここを立ち去るだけだ。

昼飯を喰いに行って戻って来ると、部屋の前に見知らぬ男が立っていた。若い、すぼり風の男だった。私を認めると、男はすぐに下へ降りて行った。私は部屋へ入った。すると、すぐにまた人の階段を上がって来る音がして、彫眉さんが入って来た。先ほどの男も部屋の外に立っているようだった。眉さんは勝手に上へ上がって来た。

「生島くん。えらい長いこと済まなんだの。きみに預けておいたあの箱出してくれへんか。」

「あ、あれですか。」

私はここを去る時にセイ子ねえさんに預けて行こうと思うていたのだが、折りよくこうして彫眉さんにじかに返せる時が来たことに、ほっとした。すぐに取り出して渡そうとした。が、彫眉さんは手を出さなかった。

「生島くん。きみにちょっと頼みがあるんや。聞いてくれるかの。」

「はあ——。」

私は強い不安を覚えた。

「いや、何、それを持って大物《だいもつ》まで行って欲しいんや。」

「えッ、私がですか。」

「そうや。この糞暑《くそあつ》いさ中に行ってもらうのも気の毒なことやけどの。」

彫眉さんは胸のポケットから紙切れを出した。

「ここへ持って行って欲しいんや。」

紙切れは地図だった。

「ここが大物の駅で、行くとこはここや。このビルの一階が八百屋になっとって、その横の細い露地を入ると、左手にドアがあって、そこからこのビルの上へ上がる階段がある。そこの三階に斎藤さんいう人が待っとるさかい、その人にその箱を届けて欲しいんや。」

「………。」

「いや、話は付いとる。きみからは渡してもらうだけでええんや。」

「あの――。」

「斎藤さんいうのは、ここに黒子《ほくろ》のある、四十ぐらいの男や。これ電車賃にしてくれ。」

彫眉さんは一萬円札を私の手ににぎらせるや、背を向けて、出て行った。私は一人取り残された。さらに深い不安に吸い込まれて行くようだった。いまからでもセイ子ねえさんに「実は。」と相談に行った方がよくはないか。併しもうその機会は失われていた。恐らくはあのくすぼり風の若い男が、私を監視しているはずだった。もう逃げようはなかった。陰に堰《せ》かれていた濁流が一挙に流れ出したのである。

阪神電車大物《だいもつ》駅は、出屋敷駅から大阪寄りに二つ先の駅である。駅前に立つと、目の前にパチンコ屋があった。隣りが佛壇屋で、その横手の道を入って、しばらく行くと、地図にある通り、一階が八百屋になっている三階建てのビルがあった。三階は外から見れば、何の変哲もない窓が並んでいるだけで、烈しい夏の日差しを受けていた。その一ト所にクーラーの尻が突き出し、窓にはすべてブラインドが降りていた。私は一旦はその前を通り抜けようとした。が、見張りがついて来ているかも知れないことを考えて、すぐに横の露地を入った。ためらいは反って危険である。ドアのノブに手を掛けた。すぐ目の前に階段があった。しんとしていた。

下駄の音を響かせて上《のぼ》って行った。二階の部屋は鉄板の扉に鎖《とざ》されていた。三階も同じだった。表札のようなものはない。一つ深い息をすると、ノックした。しばらくして、またした。いきなり内側から、

「誰や。」

と言うた。

「彫眉さんからの使いの者《もん》ですけど。」

鍵が外される音がした。男が、ぬっと現れた。蝦《えび》の頭《あたま》のような顔をした、四十前後の男である。

「入って。」

中は、そっくり事務所だった。後ろで扉の鍵が鎖された。その音が軀《からだ》の芯に響いた。

私は前へ進んだ。奥に机、ロッカー、その上に神棚、横の壁に大きな額。が、何よりもこの事務所で幅を利かせているのは、部屋の真ン中に据えられた豪華な応接セットの卓子とソファであって、そこにも男が一人坐っていた。若い三白眼の男だ。蝦の頭はその横に腰を降ろすと、

「まあ坐って。」

と言うた。左目の眉の付け根に黒子《ほくろ》がある。三白眼は白い靴を磨いていた。私はソファに坐った。が、深々と掛けることは出来なかった。それが小心者であることを相手に印象づけるようだった。三白眼は眉毛を剃り落とし、右の手頸に数珠《ずず》のようなものを巻いていた。手提げから、箱の包みを取り出して、卓子の上においた。すると三白眼が靴をおいて、手を出し、包みを解いた。箱の蓋が開けられた。中には新聞の折込み広告の紙に包まれたものが入っていた。紙を剝がすと、黒い拳銃が現れた。三白眼は手に取って、仔細に点検していた。弾倉を抜くと、弾が入っていた。が、蝦の頭は私から目を離さなかった。三白眼が銃を蝦の頭の前へ差し示して、

「間違いありません。この拳銃《チヤカ》です。」

と言うた。東京者の音韻だった。蝦の頭は、

「そうか。」

と言うただけだった。私から目を離さない。もう用は終ったのである。私は立ち上がりたかった。が、蝦の頭の鋭い目に見据えられて、動けなかった。

「あんた、世話焼きやの。」

蝦の頭が言うた。

「はあ。」

頼まれて持って来たことが、なぜ世話焼きになるのか。この男は何かを誤解していると思うたが、男が声を発してくれたことで、息を接ぐことが出来た。

「では、これで。」

と言うて、起った。そのまま、背を向けた。後ろで何か音がした。が、出口へ歩いて行った。後ろから、何か冷たいものが背にのし掛かって来るような気がした。ドアの鎖を外した。把手《とって》へ手を掛けた。押した。上り端《はな》が見えた。身を外へ出した。その瞬間、手がノブから滑った。鉄の扉が思いのほかの音を立てて閉まった。その音が心臓に直接、届いた。私はゆっくり階段を降りた。一段ごとに全身の毛が立つようだった。

外に出ると、夏の烈しい日差しが私の顔を照らした。喉がからからだった。私は駅とは反対の方へ歩いて行った。気を沈めるために、歩いて帰ろうと思うたのである。しばらく行くと、白い乗用車が私の横に止まった。ぞッ、とした。窓が開いて、あの彫眉さんといっしょに来た男の顔が覗いた。もう一人、運転役の男が乗っていた。

「どやった。」

「はあ、渡して来ましたけど。」

「ちゃんと斎藤と確認して来たやろな、お前。」

私は、はッ、とした。言葉に詰まった。

「ここに黒子のある人と、もう一人。」

「うんッ。何ど言うとったか。」

「いえ、何も――。」

本当は、三白眼が拳銃を仔細に検《あらた》めた上で「間違いありません。」と言うたのであるが。男が、

「行け。」

と言うと、自動車は発進した。私は全身から力が抜けて行った。

出屋敷へ帰り着いた時はすでに、夕暮れに闇が落ちようとしていた。途中、定食屋でビールを呑んだ。彫眉さんの部屋へ報告に行こうかと思うたが、何かそれもうとましく、そのまま二階へ上がった。外から帰ると、やはりこの部屋は闇の中に臓物の臭いがした。澱んだ凄まじい暑さだった。電燈をつけた。流しの俎《まないた》の上に、一枚の紙片が乗っていた。「あした、大阪かんじょうせん、天のうじえきのホームへ来てください。ひるの12じか、むりだったら、夕がたの7じに。あや子。」と書いてあった。私は一つ、冷たい息を呑んだ。すぐに紙片をズボンのポケットに仕舞った。目の底が冷たく感じられた。明日は八月十八日だ。も一度、紙片を取り出した。何度も読んだ。またポケットに突っ込んだ。胸の骨が大きく息をしていた。アヤちゃんが上がって来た夜のことが、生々しく立ち上がって来た。じっと耳を澄ました。併し何も聞こえなかった。彫眉さんは下の部屋に、いるのだろうか。

彫眉さんは私のところへ来たあと、どうしたのか。も一人の男は、あとで私の見張りについて来たが。私は臓物を片づけ、二人が来てから半時間ほどして、ここを出た。アヤちゃんが来たのは、そのあとだ。きのうセイ子ねえさんが、アヤちゃんを見掛けたら、すぐにうちに連絡してくれ、と言うていたのは、この数日、アヤちゃんはこのあたりから姿を消していたということだ。眉さんはいまも下にいるのか。もしいま眉さんとアヤちゃんとの関係が何かただならぬことになっているのなら、アヤちゃんは相当の危険を冒して、この二階へ上がって来たということになる。セイ子ねえさんに知らせた方がよくはないか。併しそれは出来ないことだった。一つ間違えば、私とアヤちゃんが乳繰り合うたことが発《あば》き出されてしまうだろう。そうなれば、すべてはわやである。

私は階段を降りた。廊下の奥に眉さんの部屋の方を窺った。しんとしていた。外へ出た。併し眉さんがいる部屋は道からは見えない側にあった。アヤちゃんと晋平ちゃんがいた方の部屋は、燈が消えていた。

私は二階へ戻ると、紙片を取り出し、灰皿の上で火をつけた。燃え尽きると、電気を消した。烈しい暑気が私の身を包んだ。まだ燃えかすに赤みが残っていた。やがてそれも消えた。アヤちゃんが上がって来た夜のことが、絶えず頭にまつわり付いていた。きのうセイ子ねえさんが来て以来のあわただしさは、確かに何事かであった。眉さんは下の部屋にいるのか。明日、天王寺駅へ行けば、どうなるのか。恐らくは決定的に、おぞましい渦の底へ巻き込まれて行くだろう。そうなれば、ただでは済まないことは明らかだ。私は奥歯を噛んだ。勃起した男根が萎えて行くような恐ろしさを覚えた。逃げるなら、いまだ。併しそんなことは出来なかった。明日、セイ子ねえさんのところへ最後の串刺しを届ければ、あとは、私にはどこも行くところがないのだ。

ふたたび電気をつけると、私は冷蔵庫から残りの臓物を出して、さばき出した。

二十二

翌朝、まだ眠っている時間に、私は男の声で起こされた。

「アヤ子ッ、アヤ子ッ、わしやッ。開けてくれッ。」

気の立った、凄まじい勢いで向いの部屋の戸をたたいていた。血しぶきの立つほど、切迫した声だった。私は息を殺して、じっとしていた。男はすぐに、どたどたと階段を走って降りて行った。その息づかいが、じかに伝わって来た。前にアヤちゃんの兄だと言うて、私に伝言して行った男に相違なかった。

私はもういても立ってもいられなかった。串刺しはゆうべ了《お》えていた。今日は朝一番に伊賀屋へ届け、その足で天王寺駅へ行く積もりだった。そうすれば、正午前には着くはずだった。が、男の声を聞いて、セイ子ねえさんに顔を合わせるのが、急に恐くなった。すぐに身仕度をし、着替えの下着など、必要最少限の風呂敷荷物を作った。ここへ来た時に着ていたコートなど、冬物は全部、放《ほ》かして行くことにした。

　最後に冷蔵庫の扉を開けた。串刺しがきれいに並んでいた。いずれセイ子ねえさんが発見するだろう。アヤちゃんの下穿きを新聞紙に包んだまま取り出すと、手提げに入れた。扉を閉めた。が、セイ子ねえさんに挨拶もせずに去るのは苦痛だった。も一度、冷蔵庫の扉を開くと、中に口を近づけて、「ねえさん、すんまへん。ありがとうございました。」と、声にならない声で言うた。その声を冷蔵庫の中に閉じ込めるように、扉を閉めた。私はアパートを飛び出した。

　出屋敷駅に着くと、午前九時十二分だった。いつか、じりじりする思いで見た時計だった。が、それが正確にいつのことであったのか、思い出せなかった。いや、もうそんなことは、どうでもよかった。誰に見られているか知れなかった。もうここにはいられなかった。改札口の男に、

「次ぎの電車は。」

　と訊くと、のんびりと、

「上りですか、下りですか。」

　と言うた。そこへ、下りの神戸方面行き電車が入って来る信号が鳴り出した。私はそれに乗ることにした。大阪とは逆方向である。取り敢えず西ノ宮駅まで行って、そこでまた反対方向の梅田行き特急に乗り換えれば、あとはどこにも停車しないで大阪に着く

はずであった。電車に乗ると、ぐったりした。車内は、甲子園球場の全国高等学校野球選手権大会の応援に行く人たちで犇《ひし》めいていた。アヤちゃんの兄貴さんの声が、まだ強く耳に残っていた。

電車は一駅ごとに、アマから遠ざかって行った。併しそれは同時に、アヤちゃんの待つ大阪からも遠ざかることだった。だんだんに安堵感が深くなって来た。電車の窓の風景が、ようやく目に写るようになった。自転車で去る女のあとを、追って走る女の子の姿が目に入った。女の子は泣き喚《わめ》きながら、駆けていた。立ち止まった。同時に、私の視界から切れた。

電車が甲子園駅に着いた。球場から応援の喚声が聞こえた。大勢の人が降りた。車内は、がらんとした。ドアが閉まって、電車は発車した。併し私はなぜアマを逃げ出したのか。あのまま知らぬふりしてセイ子ねえさんのところへ臓物を届け、一トくさり挨拶をし、帰って来て部屋を片づけ、併しそこ迄は明瞭な手順で考えられたが、そのあと、どうすればいいのか、私には具体的に思い浮かばなかった。

無論、いまからだって、天王寺駅へは行かず、取り敢えずは京都の原田さんのところへでも転がり込んで、時を失ってしまうことも考えられる。併しそれは出来なかった。アヤちゃんはあの夜、だまって上がって来てくれたのである。時を失うことは、私の生を失うことだ。私はそんなことをくり返して、生きて来たのではなかったか。いや、たったいまも、セイ子ねえさんへの挨拶をなおざりにして来たではないか。

電車が西ノ宮駅に着いた。が、私は座席から起たなかった。起つことが出来なかった。梅田行き特急への乗り換えは、終点の神戸元町駅ででも出来るのだ。電車は発車した。一駅ごとに止まる普通電車だった。私は天王寺駅へ行くことが恐ろしかった。一駅ごとに遠ざかっていた。

芦屋駅に着いた。私は発作的に降りた。下車した人は数人だった。皆んな当然のごとく改札口の方へ歩いて行く。私は降りたところに突っ立ったまま、駅の時計を見ると、まだ十時前だった。ここから天王寺駅までは一時間もあれば行ける。併し上りのプラットフォームの方へは行かず、私は駅を出た。はじめて降りた駅である。

駅は芦屋川の川の上にあった。川の両岸は閑静な、見知らぬ高級住宅街である。川沿いの道を歩いて行った。その住宅街のたたずまいを眺めているうちに、突然、東京にいたころ、私の背中に火がついて走り廻る悪夢に、くり返し襲われていたことを思い出した。毛のふさふさした白い犬を連れた、様子のいい奥さんとすれ違った。だし抜けに、こんなところに住んでいる人の生活は、最低の生活だ、と思うた。気持がむらむらした。あの悪夢の正体は何だったのか。

このままでは「中流の生活。」に落ち着いてしまうという恐怖——。併し会社の同僚たちはみな「中流の生活。」を目指していた。あんな生活のどこがよくて。ピアノの上にシクラメンの花が飾ってあって、毛のふさふさした犬がいる贋物西洋生活。ゴルフ。テニス。洋食。音楽。自家用車。虫酸が走る。あんな最低の生活。私の中の「中流の生活。」への嫌悪感。併し東京で会社勤めをしていた時分には、この嫌悪感はまだ半ば無意識の世界にひそんでいるものだった。それがこの六年余の流失生活によって、徐々に表面に洗い出されていた。と同時に、も一つ洗い出されて来たのは、かつては私も一度は、いまこの芦屋川の両岸に見るような、忌まわしい「中流の生活。」に憧れていたということではないか。私の正子への思いは、そういうものだった。正子に憧れながら、併し私はそういう自身に何か根本的に許せないものを感じていた。あれは私の原罪だ。罪悪感の源だった。

海へ出た。真夏の大阪湾の海である。光がぎらぎらしていた。アヤちゃんが突然、二階へ上がって来たのは、この前、淀川の河口で、この海の輝きを見た日の夜だった。アヤちゃんの「起って。」「外して。」「あッ。」「して。」などという言葉が、海のうねりとともに、生々しく甦って来た。闇の中の言葉だった。併しそれはそのまま、あの大阪中之島図書館で不意に目に入った、詩の言葉だった。——ひろってください／帽子は波にのってただよっています／ほら／すぐ手のとどくところに／あなたが一生懸命／手をのばしたのはわかっています／今日は　海の水がおこっている日／あなたをさえ　波がのみこもうとしている／けど　おそれずに／あの帽子をひろってください。ぎらぎら輝く、摂津湾の波のうねりが、日に焼けついた防潮堤の向うに、くり返し私の目に押し寄せて来た。

国鉄大阪駅で環状線に乗ったのは、午後六時半を過ぎたころだった。退け時の満員電車の中で、私は右手には大きな風呂敷荷物、左手には紺の手提げを握っていた。手提げの内側の隠しには、この二年ほどの間に貯めた銭が、郵便貯金にして、十萬円足らず入っていた。あとはズボンに、おといセイ子ねえさんからもらった、少しばかりの銭。宿代《どや》を勘定に入れれば、二十日喰い繋ぐのがやっと、という額である。手提げの中にはほかに、ノオトが二冊と萬年筆、インキ壺。ちり紙。三文判など。これが私の所有物のすべてだった。棒杭に引っ掛かっていた漂流物が、強い力に押されて、また漂いはじめた。健康保険証もなければ、会社員時代のような身分証明証もなく、郵便貯金の通帳を作った時に求めた三文判だけが、わずかに私が私であることを証明してくれそうなものだった。その住所も西ノ宮時代のものである。もう数日、風呂に入っていない。無精髭が、手の甲にざらざらした。

このまま天王寺駅へ行くことは「愚《ぐ》。」を、あるいは「惷《おろか》。」を生きることである。私の中の臆病が、絶えず私を傷つけていた。昼の十二時にはまだ腑抜けのごとく、芦屋浜の松林の日陰の石に坐っていた。手の甲から二の腕にかけてが、海の光に焼かれていた。とどの詰まり私には天王寺駅へ行く以外に、行くところはないのだった。

電車が、天王寺駅のプラットフォームへ入って行った。昼間見た、自転車の女を追っていた女の子の顔が浮かんだ。大きな駅である。環状線の長いフォームも、内回りと外回りが別々のフォームになって、向い合っていた。それに退け時の凄い人の流れである。これではアヤちゃんと出逢えるか、どうか。駅の時計を見ると、まだ七時には間があった。

私は降りたところに立っていた。たがいが動けば、たがいがずれ合ってしまうことになる。時の過ぎ行くのが息詰まるようだった。向いのフォームの人込みの中に、アヤちゃんの姿が見えた。はッ、とした。「素足の女。」が白いシャツに白いスカートを穿いていた。向う向きに私を捜して、急ぎ足に歩いている。あの目差しに捉えられたところから、新しい時間が、いや応もなくはじまってしまうのである。アヤちゃんの背は遠ざかって行く。私はそれを目で追いながら、こちらのフォームを歩いて行った。いや、目で追うていると、自然に足が前へ出て行った。アヤちゃんが振り返った。私の足が、止まった。目が合った。アヤちゃんの表情が動いた。強《こわ》ばった。少し笑った。が、すぐにまた顔は強ばり、私を指差した。そこへ向いの線路に電車が入って来た。アヤちゃんは急いで階段を駆け降りたようだった。身を避けるなら、あと数秒しかない。が、私はそこに立っていた。

アヤちゃんが近づいて来た。何かげっそり窶《やつ》れた生物《いきもの》が、私から目を離さずに、ゆっくりと、併し確実な足取りで近づいて来た。いや、そうではない。アヤちゃんは目を閉じた時に、この女の中にひそんでいるきわ立って暗いものが、表情に現れる。それが全身に現れたものが近づいて来た。夕暮れの会社の退け時である。往き交う人は、それぞれに疲れ切った顔をしている。併しアヤちゃんの表情は、そういう周囲の喧噪の中においても、一人だけ周りから孤立し、隔絶した、冷え冷えとしたものだった。アヤちゃんは口をつぼめるように、笑った。

「悪かったわね。」

「いや——。」

アヤちゃんは歩き出した。

「うちは、昼の十二時にはここへ来《と》れへんかったの。」

「はあ……。」

「あんた来てくれたん。」

「いえ。」

「なんや、あんたも来《こ》れへんかったん。うちは生島さんに待ちぼうけ喰らわしてしもたん違《ちゃ》うやろか思て。ここへ来たんは二時や。それから捜し廻って。いったん駅の外へ出て見たり。えらい気ィ揉んだわ。」

「いや、どうも遅なりまして。」

「あんた、夕方にはさいちゃんが来《く》んのよね。」

「いえ、あの人はもう来《こ》うへんことになりまして。」

「なんで。」

「くわしいことは、またあとで話します。」

二人は改札口を出た。アヤちゃんは深い布の手提げを提げていた。私は下駄履き、片手に大きな風呂敷荷物を提げた、不細工《ぶさいく》な恰好だった。二人は出口を求めて、うろうろした。風呂敷荷物が気の利かない重荷のように、私とアヤちゃんの足にぶつかった。が、捨てるわけには行かなかった。冬物衣料や洗面道具は取り敢えず放《ほ》かして来たが、当面生きるためには、この必要最少限のものはいる。私は荷物を構内の一時預かりのロッカーに押し込んで、鍵を掛けた。顔を上げると、アヤちゃんが言った。

「生島さん。うちを連れて逃げて。」

「えッ。」

アヤちゃんは下唇を嚙んで、私を見ていた。

「どこへ。」

「この世の外へ。」

私は息を呑んだ。私は「触れた。」のだ。アヤちゃんは私から目を離さなかった。私の風呂敷荷物を見て、ほぼ事情を察していたのだ。私は口を開けた。言葉が出なかった。

アヤちゃんは背を向けて、歩き出した。その背が、恐ろしい拒絶を表しているようだった。私は足が動かなかった。アヤちゃんは遠ざかって行く。私は私の中から私が流失して行くような気がした。小走りに追いすがった。

アヤちゃんは黙ったまま、前を見て歩いていた。私は天王寺駅に降りるのは、はじめてである。毒々しいネオンの光が輝く、繁華な街であるが、どこをどう歩いているのか分からなかった。アヤちゃんは、恐らくはこの世の外へ逃げざるを得ないところまで追い詰められているのだ。その黙って歩いて行く背中が、ネオンの色に染まり、それが次ぎ次ぎに色変りしていた。私の足の裏からは、温《ぬく》い血が沸騰するように、じんじん上《のぼ》って来る。少し小暗い道に曲った。

しばらく行くと、アヤちゃんは立ち止まった。料理屋の戸を開けて入った。続いて、私も入った。間口は狭いが、奥行きの深い店だった。アヤちゃんが二人掛けの卓子のこちら側に坐ったので、私は向う側へ回って、坐った。

男の店員が来たので、アヤちゃんは蝦フライや鰻の肝焼きなどを注文した。店員が、

「それを二人前ずつ？」

と聞いてくれたので、私はアヤちゃんの顔色を窺いながら、

「お願いします。」

と言うた。私は身動き出来なくて、もがいていた。アヤちゃんが、小声に言った。

「あんた、お金持ってる。」

「ええ。少しだけですけど。ここの支払いぐらいなら。」

「うち、一千萬円いるね。」

「えッ。」

「いや、五百萬円でも、ええんやけど。」

「……………。」

「その金がなかったら、兄ちゃんドラム罐にコンクリート詰めにされて、大物《だいもつ》の海ィ沈められてしまうんや。」

そこへ店員がビールを運んで来たので、アヤちゃんは口をつぐんだ。私は今朝ほどの真田の声を思い出した。

「兄ちゃん組の上納金に手ェつけて、銀行馬券に突っ込んだんや。」

卓子の上には栓を抜かれたビール壜と、空《から》のグラスが突っ立っていた。

「けど、大火傷《やけど》。」

「銀行馬券て、何ですか。」

「確率九割以上で勝てる馬券よ。百円突っ込んで、百十円とか、百二十円にしかならへん馬券よ。けど、誰も十円とか二十円とか、そんなはした金なんかいらんさかい、千円、二千円の銭で賭けるんやったら、そんな銀行馬券なんか買わへんんわ。もっと大穴狙うわ。

けど、これが百萬円突っ込んで見。それが勝率九割以上で、百十萬円とか、百二十萬円になるでしょ。兄ちゃんそれに最初、二百萬円突っ込んだらしいんよ。」

「ところが……。」

「そうなんよ。絶対確実のはずの馬券が外れた。そしたら、こんどはその穴埋めようとして、次ぎ次ぎに。あッ、と気がついたら、一千萬円ぱあ。負けが込んで来れば来るほど、血ィが上《のぼ》ってしまうから。」

「はあ――。」

真田の血の気が退いて行くのが、そのまま、私の全身から冷たい血が退いて行くように感じられた。

「彫眉さんは。」

「勿論、眉は知らん顔よ。あいつは死んだ卵みたいなやつやから。人のからだに墨入れるのだけが、生き甲斐なんよ。けど、墨で汚してしもたら、あとはもう何の関心もあらへんわ。」

「そうですか。苦しい人ですね。」

「苦しい？」

「いや、死んだ卵で生きる、というのは。」

私はアヤちゃんに言い返すことが出来たので、その分、ほんの少し息を接ぐことが出来た。ビール罎をつかんで、二つのグラスに注いだ。

「生島さん、随分日焼けしてるやないの。」

私は、はッ、とした。

「はあ。今日ちょっと……。」

「おばちゃんのとこ飛び出して来たんやね。」

「いえ、クビになったんです。」

「そう。おばちゃんあんたをようクビにしたわね。あれほどあんたのこと心配してたのに。けど、あの人をいつ迄もこななとこにおいといたら、あかん、とも言うてたから。」

「はあ……。」

「おばちゃん苦しかったやろね。何《なん》か言うてた、最後に。」

「いえ、それが挨拶もせんと。」

「えッ。」

料理が次ぎ次ぎに来た。ようやくビールを口につけて、箸を取った。少し余裕が出来た。この店の名が「天川《てんかわ》」であることも知った。

「きのうあなたの置文《おきぶみ》見たら、私はもう気が動転してしもて。」

「置文？」

「いや、――言い間違いました。置文いうのは遺書のことでした。」

「生島さん、何でもむつかしいこと知ってはるのね。」

「いえ、いらんことばっかりです。」

アヤちゃんはふくみ笑いをした。

「おばちゃん、いまごろがっかりしてるわよ。」

「はあ、よう分かってます。私はいっつもこないして、時を失《うしの》うて生きて来たんです。」

「生島さんは、やっぱりむつかしいこと言やはるわね、好きなんやね。時を失うやなんて、私らよう分からへん。」

「は、すんません。」

アヤちゃんは髪を後ろへ揺すって、笑った。こうやって、女といっしょに酒を呑むのは何年ぶりのことだろう。気懸かりなことで心は不安だらけだったが、併し愉しかった。愉しかったけれども、私はおとといセイ子ねえさんが来て、アヤちゃんを見たら、すぐにうちィ連絡するように言うてくれ、と言うていたのを、アヤちゃんに告げるべきかどうか、迷うていた。いや、ほかにも、きのう眉さんに頼まれて大物《だいもつ》へ行ったこと、今朝早くアヤちゃんの兄貴さんが来たこと、あるいは晋平ちゃんのこと、などを言うてええのかどうか。アヤちゃんは今日、私を待っている間に天王寺の街で見た、銀行強盗が路上で捕まった場面の様子を、語っていた。

「その人、警察に引っ張られて行きよったわ。こんな、ビール壜が割れたような顔して。うちは咄嗟に、逃げて、思てたのに。」

アヤちゃんの兄貴さんの火傷が本当であるならば、その切実さがそう思わせたのだろうが。実際、一千萬円や五百萬円などという金は、強盗でもしない限り、出て来ない金だった。真田は殺されるのだ。今朝がたのあの声は、背中に火のついた人の声だった。セイ子ねえさんは、恐らくはこのことの仔細を、アヤちゃんよりも先に知ったに相違なかった。山根が来た夜よりも数日も前に、セイ子ねえさんは私のところへ来て、私がアヤちゃんのあとをついて歩いたことを責め、これ以上あの娘《こ》に近づいたらあかん、と言うていた。私が巻き込まれるのを恐れていたのだろう。併し私は天王寺へ来てしまった。が、なぜ二人はこの世の外へ逃げねばならないのか。

アヤちゃんと私が天川を出たのは、もう午後十時半を過ぎていた。払いはアヤちゃんがした。二人とも少し酔うていた。併しどこへ行くところがあろう。小暗い通りを歩いて行くと、「六月の花嫁」という連れ込みホテルがあった。私がその前で足を止めた。アヤちゃんが、

「ここ、入るの。」

と言うた。私はうなずいた。アヤちゃんは、

「うちらには、ほかに行くとこないし。」

とつぶやいて、私の背にふれた。

部屋に入ると、電気も消さずに、いきなり抱き合った。たがいに舌を求め合わないではいられなかった。そのままベッドの上に倒れ込んだ。汗臭い匂いがした。男根が勃起した。昼間見た大阪湾の波の輝きが、頭の中でぎらぎらした。――あの帽子は／わたしがころんだすきに／波にのまれてしまったのです。不意に、アヤちゃんが私の顔を避けるようにした。髭が皮膚を刺すようだった。

アヤちゃんは起ち上がると、風呂場へ行った。激しく湯水の流れ出す音がした。戻って来ると、アヤちゃんは手提げからたばこを出して、火をつけた。私は喉が渇き、胸で大息をしていた。アヤちゃんはたばこの火を灰皿に押し付けると、また起った。スカートのジッパーを引き、止めを外した。下へ落ちた。あッ、と思った。腰から太股に掛かる墨が見えた。下穿きから、足を交互に抜いた。私に背を向けていた。一気に白い綿シャツを脱いだ。背中一面に、極彩色の鳳凰《おおとり》が翼を広げていた。出屋敷のアパートの暗がりの中で見た時は、蛇身のようにしか見えなかった刺青である。併しいま目の当りにするそれは、女身の美しい刺青だった。心が鳥肌立つような戦《おのの》きを覚えた。出屋敷の風呂屋で男の不動明王の墨を見た時と同じように、あるいはそれ以上に深い畏怖を覚えた。その極彩色のめくるめくような輝きに、寒気を覚えた。鳳凰は、蓮の緑の葉と紅い花の中から飛び立つように、翼を広げていた。

「外して。」

私がブラジャーの止めを外すと、私の腕を抜けて、アヤちゃんは風呂場へ行った。すぐに激しいシャワーの水音がした。私も裸体になった。下着の汗の臭いが鼻についた。

アヤちゃんは頭からシャボンだらけになって、身をくねらせ、顔に激しい湯水を浴びていた。肩口に髪が流れ、へばり付いていた。私はその姿を見て、突っ立っていた。背の鳳凰を洗った速い水の流れが、排水口へ殺到していた。あの死卵の男が、己れの生霊《いきすだま》で汚したのだ。勃起していた私の男根が萎えて行った。彫眉さんの「生島くん、きみ一遍アヤ子のおめこさすってやってくれんかの。豆がうずうずしとるが。わしの指がさわったら、豆はきみにさすって欲しい言うて、いそいそしとったが。」という言葉が、腥《なまぐさ》く甦って来た。

アヤちゃんは振り向くと、私を見て、水の中から出た。全身から水玉が滴り落ち、匂い立つようだった。乳房が突き出ていた。私の男根は萎えたままだった。私は水の中へ入った。汗で詰まった全身の毛穴が、生き返るようだった。アヤちゃんが私の坊主頭にシャンプーをぬたくり、泡立て、さらにタオルに石鹸をつけて、肩から背、尻の穴から足指のあいだまで洗ってくれた。男根をにぎられ、もみしだかれると、また激しく怒張した。

風呂から出ると、そのまま烈しいまぐわいをした。が、出屋敷のアパートの二階で、はじめて交わった時のようには、物狂おしく燃え立たなかった。一回射精してしまえば、私はうつ伏してしまったし、アヤちゃんも背中向きに転がってしまった。あるいは途中で、アヤちゃんが、

「これ、着けて。」

と言うて、枕許に備えてあった避妊具を嵌めたせいかも知れなかった。私は身を起して、始末した。精液の臭いが、鼻についた。蛇を手でつかむと、蛇は皮膚から腥い臭いを分泌する。精液の臭いは、あの蛇のぬめりの臭いそっくりだった。アヤちゃんは背中に鳳凰の翼を大きく広げて、腹這いになっていた。見ると、この鳥は人面鳥身の鳳凰だった。人面は幼童である。それは晋平ちゃんに似ているようでもあったが、よく見ると、目はあの眉さんの白目の部分が充血した眼《まなこ》だった。口から炎の言葉のごとく「若空無我常樂我淨」という漢字が吐き出されていた。

私はその上に覆い被さるようにして、唇をつけた。鳳凰の酷薄な目が私を見ていた。全身の細胞が、ぞッとした。あの死卵の男の目だった。私はその目をじっと見ていた。アヤちゃんがベッドに顔をうずめたまま、言うた。

「それ、カリョウビンガいうの。」

「カリョウビンガ？」

「極楽にいてる鳥なんやて。顔が人間で、軀と羽が鳥になっててんね。佛さんの声で歌歌うんや言うてたわ、眉が。百円切手の絵ェにあるやろ。」

「………。」

して見れば「若空無我常樂我淨」とは、佛の声ということか。ギリシア神話にも、人頭鳥身のセイレーンという女神が出て来る。同じく美声の妙音鳥で、その歌声を聞いた男は、狂い、身を滅ぼさずにはいられないと言われている。

「うちはアマのバタ屋部落で育ったような女やのにな。ごみだらけの中におったのに、蓮の花やなんて、卦体糞悪《けたくそ》いわ。けど、墨入れたら、自分がそんな女やいうことだけは、身に沁みた。うちはドブ川の泥の粥すすって生きて来たんよ。もう何にも欲しいもんあらへんねん。兄ちゃんを救う金だけや。」

私は極楽の鳥の目をじっと見ていた。幼童の目とは言え、鳥に独特の冷たい目だった。眉さんに潰された神社の鶏の目を思い出した。いや、私もその日その日、おびただしい数の鳥の肉をさばいて来た。

「あんた、カリョウビンガ知らんの。」

「はあ。」

「へえ、生島さんでも知らんことあるんやね。」

アヤちゃんは身を起こすと、手提げを引き寄せた。手帖を出して、迦陵頻伽、と書いた。鳳凰ではなかったのだ。私はまた俄かに欲情を覚えた。が、アヤちゃんに手を伸ばすことが出来なかった。

「あの……。」

「何やのん。またしたなったん？」

「いえ――。」

アヤちゃんは私をじっと見た。私をベッドに倒した。男根をもみしだき、口にふくんで愛撫した。執拗な愛撫が続いた。迦陵頻伽の「若空無我常樂我淨」という炎の言葉の舌に愛撫されているようだった。私は身を痙攣させて、「熱い。」射精をした。が、アヤちゃんの執拗な愛撫はなおも続いた。男根の裏側の精管に沿って指で圧しもみ、最後の一滴まで吸い取ろうとしていた。私はこの世ならぬ「寒い。」ところへ出た。

アヤちゃんは冷蔵庫の扉を開けて、ビールを呑んでいた。私は吸い尽くされて、腐った棒杭のように転がっていた。併し私のような者に、こうまでしてくれるというのは何なのか。目を上げると、アヤちゃんは白いシャツだけを着て、椅子に坐っていた。両足を座の上に上げ、膝小僧の上にグラスをおくようにしているので、火処《ほと》が開いていた。私は向いの椅子に坐った。アヤちゃんは後ろからグラスを出して、私にビールを注いでくれた。その白い泡の立ち上がるのを見ていて、もう引き返しは出来ないところに坐った、と思うた。射精したので、男根の精管が開いて、亀頭の先の小穴がクーラーの冷気を吸っていた。私は自分の手提げから郵便貯金の通いを出して、アヤちゃんに差し出した。アヤちゃんは中の数字を見て、私を見た。笑い出した。

「生島さん。あんた甲斐性なしやな。――こんなもん出して。」

「いや、気ィ悪せんといて下さい。」

「これ、うちにくれる言うの。」

「はあ――。」

「あんたこんなもの出して。痩我慢して。あんた、ようこんなもん出す気ィになったな。あきれてしまうわ。」

「それ、私の全部なんです。」

「そう……。けど、まだこれだけあるいうことや。うちは子供の時から、もっと切羽詰まったとこで生きて来たんよ。」

「そうですか――。それがいまの私のすべてなんです。」

私はズボンを引き寄せて、ポケットからセイ子ねえさんにもらった茶封筒を取り出し、中の銭を卓子の上に出した。二萬数千円余の金だった。十円玉、一円玉も混じっていた。

「これで、ほんまに全部です。」

「生島さん。うち兄ちゃんに一千萬円で売り飛ばされたんよ。」

「――。」

「兄ちゃんもう五百萬円受け取ってしもて、うちが二十日までに博多へ行かへなんだら、殺されるんよ。こんなはした金で、どないなる言うの。」

　私は顔の前で両手を組んで、下を向いた。祈るような気持だった。

「うち博多へ行くのいやなんよ。行けば、兄ちゃんはあと五百萬円受け取って、殺されんとすむわ。けど、うちは金に縛られて、さっき生島さんにして上げたみたいなこと、毎日させられるわ。覚醒剤打たれて、ぼろ雑巾みたいになるまで。」

　私は下を向いて、両手をじっと握っていた。どうしてもアヤちゃんの顔を見ることが出来なかった。何かに己れの咎《とが》を謝罪したいような気持だった。

「生島さん。あんたこんなお金出して。こんな焼け石に水みたいな金で、どないなる言うの。」

「すみません。私はアマへ来て――。」

「そら、おばちゃんはうちに因果をふくめたわ。その軀で銭返したら、またアマへ帰って来《こ》れんねやから、言うて。あの人、若いころ、この辺でパン助してたからね。けど、博多や行ったら、うちはそのままどぶの底や。最後は、あんたの部屋の隣りの部屋へ来る女みたいになるだけや。おつたいがなァ、うろたんりりもォ、言うて、男にしがみ付いてる女になるだけや。」

　私はアヤちゃんの顔を見た。アヤちゃんは目を逸《そ》らした。泪《なみだ》を怺《こら》えているようだった。

火処《ほと》が私に向っていた。冷房の冷えが、私の肩のあたりに漾《ただよ》って、鳥肌が立った。

「兄ちゃんら、いまごろ必死になってうちを捜してるやろ。けど、うちは行かへん。誰が行ったるもんか。」

アヤちゃんは備え付けの浴衣を羽織った。私も羽織った。

「生島さん。それでええわよね。ええわよね。」

「はあ――。」

「生島さん、あんたうちといっしょに逃げてくれるわね。」

アヤちゃんは私を見た、私は生唾を呑み込んだ。

「あんたいつからうちのあとについて来てくれたわね。うちあの時、うれしかったん。この男、阿呆やな思うて。」

アヤちゃんは瞼を閉じた。この女に特有のきわ立って暗い表情になった。飢えではない。きわ立って寒い表情なのである。

「けど、もうどこへも逃げて行くとこなんかないのよ。」

あるとすれば、この世の外、ということだろう。

「あいつら、兄ちゃんが受け取ってもた金、取り返そう思うて、どこまでも追っ掛けて来るから。靴の裏に付いたチューインガムみたいなやつらなんやから。」

私はまた顔の前で手を組んで、奥歯を噛み合わせた。今朝がたの真田の声が耳に鳴った。真田の生霊《いきすだま》が叫んでいたのだ。夏の大阪湾の波の輝きが、ぎらぎらした。が、私にはこれから二人で死ぬんやという現実感は持てなかった。アヤちゃんはなぜ私に避妊具を着けてくれと言うたのか。私は冷蔵庫からビールを出して、アヤちゃんのグラスに注ぎ、私のにも注いだ。併し白い泡の立ち上がりが、この上なく恐ろしかった。

二十三

目が醒めると、アヤちゃんはもう出掛ける様子をしていた。大きな布の手提げを持って立っていた。私は急いで身づくろいをはじめた。

「うち一人で先にここ出よ思てたのに。」

「なんで。」

「あんた、よう眠《ね》てたもん。」

ゆうべ私が出した貯金通帳と銭が、そのまま卓子の上に放置してあった。無慙《むざん》なごみのように見えた。アヤちゃんは部屋を出て行く。私はそのごみを拾って、あとを追った。

駅の方へ歩いて行くと、定食屋があった。朝飯定食を注文すると、生卵が付いて来た。店の女がふくみ笑いをして、こちらを見ていた。この界隈の連れ込みホテルから出て来た男女が来ることがよくあるのだろう。アヤちゃんは生卵を溶いて飯に掛け、焼き海苔をおいて喰うていた。私は生卵が喰えなかった。飯を喰い終ると、その卵だけが残っていた。

「あんた、これいらんの。」

「はあ、私、あかんのです。」

アヤちゃんは私の卵を取ると、器に割り込み、そのまま一気に口の中へ呑み込んだ。出屋敷の、あのアパートの露地口の雑貨屋の女主人が、私の目の前で呑んだのと同じだった。ゆうべ私の精液を吸い尽くした口だった。器の縁《ふち》に紅が付着していた。この女は私をホテルの部屋に置き去りにして、一人でどこへ行こうとしていたのか。ホテルの払いをしたのも、この女だった。器の中に、卵の殻が口を開けていた。あるいは、私を連れて行くのは可哀そうだとでも考えたのだろうか。

定食屋の払いは、私がした。「たらふく」という名の食堂だった。店を出ると、当てもなしに歩いて行った。烈しい夏の日差しだった。街路樹の篠懸《すずかけ》の木に、蟬しぐれが耳をつん裂くようだった。盆休みを遅く取って、表を閉ざしている商店もあった。アヤちゃんは期限の八月二十日が過ぎる迄、この辺に潜伏している積もりなのだろうか。そうすると、真田は殺される。

併しそうなれば、もうアマには帰れないだろう。いや、真田を殺すのは、同じ組の者なのか、真田に取り敢えず五百萬円を用立てた側の組の者なのか。いずれにしろ、真田に一千萬円を使い込まれた組の者は、残りの五百萬円の穴埋めをアヤちゃんにさせようとするだろうし、すでに真田が五百萬円を受け取ってしまった先では、これまたそれ以上に、生き騙《かた》りをされたという思いから、さらに執拗にアヤちゃんを捜し廻るだろう。

四天王寺の境内へ出た。宏壮な寺院である。ひっそりした広い境内の土に、南から北へ朱赤の南大門、中門、五重宝塔、金堂、講堂が立ち並び、その高い堂塔伽藍が濃い影を落として、夏の白い日差しを照り返していた。その照り返しの中に、参詣人の影が動き、浮浪者風の男が裸で地べたに寝ている姿もあった。肩に入れ墨をしている男である。講堂の後ろの鐘突堂からは、絶えず供養の鐘が聞こえて来た。

敷石の縁《ふち》に、草が生えていた。ここでは人に踏まれるそばにだけ、草が生きる場所があるのだった。ゆうべ私が貯金通帳を出した時、アヤちゃんは中の数字を見て、あまりのことについ笑った。あの時、私は一瞬救われたような気がしたが、併《しか》し思い出すと、くり返し己れの中に咎のようなものを感じた。アヤちゃんが堂宇の大庇《おおひさし》の下に日差しを避けて、しゃがんだ。私もそうした。

「静かやな。」

と、アヤちゃんが言うた。

「ここはええな。」

と、また言うた。日傘を差した女が目の前を歩いて行った。

「うち、子供のころに、兄ちゃんといっしょにアマのお寺の庭で、よう土蜘蛛掘り出して遊んだわ。」

「こんな細い袋の底におる達磨蜘蛛のこと？」

「そう。お寺の土台石の下なんかに巣ゥ作っとんね。土の上にこんな小さな穴開けて、そこに白い糸の膜《まく》張ってんねやけど、そこへ細い竹籤《たけひご》みたいなもん差し込んで、巻き上げるね。」

「それ、僕もしたことあります。僕はお寺の境内ではなく、普通の家の外壁の下にある巣ゥやったから、これッ、土台石が崩れるやなかッ、言うて、その家のお婆ァに怒られたり。」

「兄ちゃんも怒られてたわ、住職さんに。」

「そうですか。」

「うちは逃げるの速かったけど。あいつはどぢやから。」

私の下駄の先に蟻が這い上がって来た。堂宇の階段下へ移って、その一番下の段に坐った。風は抜けて行くが、夏の熱風である。

「生島さん。貯金通帳、も一遍見せて。」

私は手提げから出そうとした。手提げの中には、新聞紙に包んだアヤちゃんの下穿きが入っていた。新聞紙に臓物の臭いが付いていた。アヤちゃんは通帳の中の数字をちらと見ると、私を見て言った。

「これ、うちにくれる？」

「はあ——。」

「ええの。」

私は手提げの内隠しから三文判を出して、アヤちゃんの前へ差し出した。

「私は甲斐性なしで。」

「ううん。うち、甲斐性なしの人の方が好きやねん。」

アヤちゃんは笑った。併し私はまだ、これから二人で死んでこましたるねん、という気持にはなれなかった。アヤちゃんは梅干しの種でも口にふくんでいるような目で、私を見ていたが、通帳と判を自分の手提げに仕舞った。これで、私はほぼすっからかんになったのだった。あとはセイ子ねえさんにもらった銭が、ズボンのポケットにあるばかりだった。不意に、セイ子ねえさんが持って来た欅《けやき》の盆栽が枯れたまま、アパートの窓辺にあったのを思い出した。

「あんた、うちにあんなことしてもうて、気持ええの。」

「えッ。」

無論、アヤちゃんはゆうべの性交のことを言うているのだった。私は喉が渇くようだった。

「気持ええんやったら、気がすむまでしたげるから。うちは迦陵頻伽《かりょうびんが》やから。極楽の鳥やから。生島さんから、貯金通帳巻き上げるような女やし。」

「いや、それはええんです。何の足しにもならへん銭ですし。」

「けど、あんた、これがなかったら、明日《あした》から困るやないの。」

私はアヤちゃんの顔を見た。目を瞑《つぶ》っていた。私も目を閉じた。この世の外へ逃げれば、そこにも明日はあると考えて言うているのか。それともこの女は私をおいて、自分一人で去る積もりなのか。あるいは単なる言葉のあやか。

「あの……。」

「何？」

「いや――、ええんです。」

私は言葉に出して問い質《ただ》すのが恐ろしかった。

「生島さん、うちが二階へ上がって行った晩、慄《ふる》えてたわね。」

「はあ――、びっくりしまして。」

「いきなり二階へ上がって行って、よかったんかしら。」

「いえ。ありがたい思いました。」

「おばちゃんが、あの人、漬物《つけもん》が腐ってまうほど真面目な人や、言うてたけど、ほんまにそうや思たわ。あんた、うちが、起って、言うて、してあげたら、膝がくがく慄わして。うふふ。」

「……。」

「眉はうちの気持、感づいてたわ。けど、そやさかい、うちは上がって行ったんよ。あいつは恐《おと》ろしい人やさかい。」

「そうでしょうね。」

「え？　あいつの剃刀《かみそり》飛ばしは恐いんよ。こう指と指の間に刃を挟んで、さっと横へ飛ばすの。百発百中で、鶏の目ェに刺さんねやから。生きて動いてる鶏よ。」

「私も一遍だけですけど、アマの神社の庭で見たことあります。」

「そう……。うちが上がって行ったこと、あいつに知られたら、どないなるか。眉は嫉《へん》妬《ねし》の強い男やから。あんたもうちも、ただではすまへん。うちはあのあと、あんたがどんな素振り見せるか、はらはらしてたん。うちは出来るだけ、知らんふりしてたけど。」

「無論、私も毎日が鳥肌が立つような思いでした。」

「あいつ、うちが上がって行ったこと、薄々は気がついたみたいやったわ。ふとそんな気がして、背筋がぞうッとすることが、何度かあったんやけど……。あんたに何か言わへなんだ、かま掛けるようなこと。」

「いえ。何も。」

私は嘘をついた。思わず偽りを言うたのであるが。

「そう。そんならええんやけど。うちらがいまここにおること見つかったら、あいつはどこ迄も追うて来るさかいね。そら、執念深い男やねんから。蛇みたいに。」

「そうですか……。」

「うちもそれで、こななもん背中に背負《しょ》うことになったんやから。」

「ご自分の意志やなかったんですか。」

「そらそうよ、誰がこんなもん。あいつにせがまれ、せっつかれ、拝み倒され、待ち伏せされ、もう逃げられんとこまで追い詰められ、そいで……。」

「はあ——。」

「うちはあんたのとこへ上がって行く時、ばれたらばれたでええ、いう気ィやってん。あいつに一遍、煮え湯呑ましたりたかってん。どなな顔するか。あいつの面《つら》の皮ひん剝いたりたかってん。」

とするならば、彫眉さんがおととい私に大物《だいもつ》まで拳銃《チャカ》を運ばせたのには、どういう隠された意図が働いていたのか。

「けど、うちが上がって行くことによって、生島さんにどんな迷惑が掛かるか知れへん、思たら……。」

「――。」

「うち、淋しかったんよ。眉が晋平を五條の知り合いのところへ連れて行くこと決めて来た、言うて。うちのことも、もうお前はいらん、言うような言い方すんね。わしはまた一人で修行の旅に出るさかい、言うて。あとで分かったんやけど、その時、眉はうちの兄ちゃんがばばつかんだいうこと、すでに知っとったんよ。そのとばっ迸《ち》りが自分のとこへ来るんがいやで、急にあんなこと言い出したんよ。うちはまだ知らなんだけど。眉はうちの肌に針刺してもたさかい、もううちには用はないんよ。使い古しの歯ブラシみたいなもんや。けど、あいつがうちとあんたとのこと知ったら、これはまた別なんよ。そんな男や。どこ迄も追って来て、草の根分けても、仕返しするようなやつよ。けどまた、あいつには針刺すことだけが大事で、刺したあとのことは、あいつにとっては、出《で》涸《が》らしのお茶すすってるみたいなもんなんよ。刺す前は、わしの魂をあんたに彫らしてくれ、言うて、こんな顔してたくせに。」

アヤちゃんは凄まじい般若顔になった。

「百円切手が、あいつの魂なんや。奥州の平泉に中尊寺いうお寺があって、そこに華《け》鬘《まん》いう佛さんの飾りがあるやて。その彫り物の図柄が切手になった言うんやけど、うちそんなむつかしいこと分かるけ。」

「眉さん、中尊寺へ行らしたんですか。」

「生島さん。うちは、あんたにうちの乳吸うて欲しかったんよ。うちを、うちの毛むくじゃらの裂け目を舐めて欲しかったんよ。」

大庇の下から見る地上の照り返しが、まぶしかった。五重ノ塔の、濃い影が落ちていた。

「うちら人間や言うてるけど、ほんまは人間の皮被った毛物《けもの》やもん。生島さん、慄えてたけど、うちそない恐い女やろか。」

「あの、私はさっきも言うたように。」

「もう、ええの。」

野良犬が赤い舌を出して、うろうろしていた。

「うちは生島さんからお金巻き上げるような女やし。うちは、あんたのちんちんが好きなだけや。それだけや。そんな女や。」

「いや、それは違いますね。」

「えッ。どう違うの。」

「どう、言うて……。」

確かに私達のまぐわいは、おぞましい畜生のいとなみであった。けれども、アヤちゃんも私もそれを渇望していたのだ。それを求め、そうせざるを得なかった。アヤちゃんは私にしがみ付き、私はアヤちゃんにしがみ付いた。私はおぞ気を振《ふる》って慄えていたが。

たがいに、そうしないではいられないことだった。

「うちはもう金で買われた女や。と言うことは、もううちがうちでない、いうことや。もう死んだ人間や。金で売り買いされた物といっしょや。あとは生かそうと殺そうと、生島さんがさばいてた牛や豚の肉みたいに焼いて喰おうと、勝手や。うちはもう死んだ人間や。その死んだ幽霊がこないして、いま生島さんと話してんの。何話してんのか言うたら、うちは生島さんのちんぽこが好きや言うて。阿呆な女や。」

「いえ、あなたは蓮の花です。ええ人です。」

私はこの女を、はじめて「あなたは。」という第二人称で称《よ》んだ。ついそう言うてしまったのだったが、そう称ばざるを得ないものがあった。この女の言葉は、この世の闇へ沈められた人の言葉だった。その物言いにこもる怒り・悲しみには、己れが人間であることに絶望した人からのみ滲《にじ》み出て来る「底冷え。」があった。その底冷えを、私は思わず「蓮の花。」と言うてしまったのだが。あるいは、その蓮の花の上に舞う刺青の「迦陵頻伽。」と言うてもよかった。恐らくは彫眉さんは彫眉さんなりに、全身の毛穴から己れの骨身に沁みた「魂の冷え。」を、この女の背に彫ったのだろうが。みずからの冷えに呪われる思いで。が、彫ってしまえば——。アヤちゃんは目に泪を滲ませていた。

「男はみな同じこと思うんやな。うちはドブ川部落の蓮の花、いうわけや。兄ちゃんの友達や誰やかや、うちに色気がついたら、男は蠅がたかるみたいに言い寄って来たわ。あんたも、あんたのちんちんが承知してなかったやないの。ちんちんが、うちを欲しい言うて、あとつけて来てたわ。」

綺麗な袈裟《けさ》を着た僧侶が列をなして、庭を歩いて来た。眼鏡を掛けているのが、半分以上いた。

「うちは、もうええの。もう十分、泥のお粥すすって来た。花はいずれ萎《しお》れるのよ。木ィはずんずん大きなるけど。兄ちゃんも大きなろ思て、組の金に手ェつけたんや。」

また別の僧侶の列が歩いて来た。何か盆過ぎの行事をしているようだった。正午を知らせるらしいサイレンが、真昼の空に鳴り出した。

寺の境内を出て、歩いて行った。このあたりには、寺がたくさんあった。深い木々に、烈しい蟬しぐれがしていた。オートバイ屋がいっぱい並んだ、松屋町《まっちゃまち》筋へ出た。口縄坂の下の安物中華料理屋で、餃子でビールを呑んだあと、炒飯を喰うた。餃子もビールも炒飯も、アヤちゃんにとっては泥の粥に相違なかった。「上海屋」という名の店だった。喰い終ったあと、私は便所へ行って脱糞した。出て来ると、アヤちゃんの姿が見えなかった。全身に冷気が走った。ポケットから銭をつかみ出すと、

「もらいましたけど。」

と、店の男が言うた。私は外へ飛び出した。強い日差しが顔を射た。アヤちゃんは坂

の下で、夾竹桃《きょうちくとう》の花を見上げていた。呑んだばかりのビールが、全身の毛穴から噴き出した。私は俄かに烈しい欲情を覚えた。アヤちゃんの乳にむしゃぶり付きたかった。ゆうべ天王寺駅で降りた時よりは確実に、さらに深く私はアヤちゃんの中にのめり込んでいた。いや、より生々しくアヤちゃんが私の中に生きはじめたということだろうか。それを、先ほどの冷気が思い知らせてくれた。

坂道を上《のぼ》りはじめた。夏の真昼の烈しい日差しである。目の底が暗かった。どこへ歩いて行こうとしているのか。蟬が烈しく鳴いていた。が、動くものはなく、あたりは静まり返っていた。動いているのは、アヤちゃんと私の影ばかりだった。その影を見詰めながら歩いていると、二人は虚の中を漂《ただよ》うているように見えた。

愛染堂《あいぜんさん》の境内へ出た。誰もいなかった。ここも朱赤の堂宇である。このあたりには夾竹桃の花が多く、ここにも紅と白の花がくずれ落ちるように咲いていた。私は堂宇の陰に入った。アヤちゃんは庭の真ン中の敷石の上に立って、正面を見ていた。両手をだらんと下げていた。強い日差しが、髪を光らせていた。じっと堂宇正面の格子の蔀戸《しとみ》を見ていた。その姿は祈っているのではなかった。光の底に立って、己れを焦《こ》がしていた。

私はその光の中へ近づいて行った。

「うちは昔、人がドラム罐にコンクリート詰めにされてんの、見たことあるわ。」

「えッ。」

「助けてくれッ、言うて、そいつ泣いてたわ。喚《わめ》いてたわ。いっぱしのくすぼりやったくせして。」

私は息を呑んだ。

「兄ちゃんも、あないされんね。うちを売り飛ばしたけど、まだ半分足らんわ。と言うて、受け取った金は、取り敢えず組へ返してしもたさかい、それ元へ返すいうわけにも行かへんし。受け取った先からも追われるわ。もう仕舞いや。」

白い光が刺すようだった。

「あのドラム罐、いまでも明石海峡に沈んでる筈や。」

「その人、知ってはった人ですか。」

「うちのあとついて歩いて来てた男やもん。」

「………。」

「うちは相手にはせなんだけど。威張り腐って、ええ恰好してた男よ。外車なんか乗り廻して。ちょっとその先までたばこ買いに行くんも、外車運転して行くんよ。アヤちゃんちょっと乗って行かへんか、言うて。……うちは貧乏の方が好きなんよ。」

彫眉さんが、この女の背に「蓮の花。」を彫りたくなったのは、恐らくはこれだろう。あのアマの「温度のない町。」の上に「迦陵頻伽。」が飛んでいるように見えたに相違ない。

愛染堂を出ると、神社の石柵に沿うて、こんどは下りの坂道を歩いて行った。やがて天王寺公園へ出た。左手の高台に市立美術館の壮麗な建物があって、右手には動物園、その向うに通天閣が見えた。植込みの木の繁みの中には、浮浪者たちが裸で寝そべっていたり、じっと坐って、夏の日差しの中をうろついている男や女を見ていた。あと数日後の私の姿であった。が、その数日後まで、私はこの世にうろついているのかどうか。すでに死んだ自分が、この世の光の中をさ迷うているようだった。

「あの人ら、ダンボール箱を潰して、その上に寝てるでしょ。」

「ええ。冬はあれで仮寝の家を作るんです。」

「ああいうダンボール箱のこと、廃品回収業ではごたしん言うのよ。うちはバタ屋部落のごみの中で育ったから、知ってんのよ。昔はあれが一番値がよかったんよね。いまはもうあかんけど。紙があふれて、あんなもん再生で使《つこ》てくれるとこが少ななったんよ。うちは毎日毎日、母《ああ》ちゃんが拾い集めて来た、あんなごみのごたしんの中で遊んでたわ。子供は箱の中へ入るん好きやろ。」

「はあ。そうですね。」

「うち、箱ン中へ入って、外から母《ああ》ちゃんか兄ちゃんに蓋してもうて、出られんようになるんが好きやった。可笑《おか》しな女の子やったやろ。」

私は声を出さずに笑った。

「兄ちゃんは、はじめそのダンボール箱の上に乗ったりして、悪さしてたけど、うちがあんまり長いこと、じィっとしてるさかい、だんだん心配になるんか知らんけど、箱の隙間から、アヤ子、アヤ子、言うて、小声で呼ぶのよ。」

「なるほど。」

「けど、うちが返事せえへんもんやから、あっちィ行ってもたり。けど、またじきに帰って来んの、うちにはお見通しやったわ。あいつはうちをよう見捨てん男やいうこと、分かってたもん。いっつもじきに帰って来んの。あっちィ行っても、箱ン中のことが気になって、気になって、気もそぞろ。知らんふりしてることも、ようせえへん男なんよ。」

「じゃあ、一度も放ったらかしにされるいうことはなかったんですか。」

「なかった。兄ちゃんそんなことようせん男やもん。尻《けつ》の穴が小さいんよ。見かけはあんな男やけどな。アヤ子、言うて、箱の蓋開けてくれんね。」

恐らくは父のいない家族だったのだろう。

動物園へ入った。私は大人になってから、はじめてだった。アヤちゃんも、はじめてや、と言うた。夏休みなのでたくさんの人が子供連れで来ているかと思うたが、人影はまばらだった。この暑い日盛りでは、こんなところをうろうろしたいと思う人は少ないのだろう。私にしても、こういう虚の中を漾《ただよ》っているのでなければ、入園することはなかった。それでも来園者の半数以上は、生殖期の盛りを過ぎた男女が、自分たちが生殖した生物《いきもの》を連れて来ているか、あるいはさかりの付いた若い男女が、これからの生殖にそなえて、毛物《けもの》や鳥、爬虫類たちの腥《なまぐさ》い貪食《どんしょく》と生殖の臭いを嗅ぎに来ていた。

　ペンギン鳥が飼育係に、ホースで水道の水をかけてもらっている。駝鳥は長い首を静止させている。河馬が水の中に沈んで、目だけを出している。ゴリラが檻《おり》の中で、じっと腕組みしている。虎は暑さにへたばって、腹這いになっていた。麒麟《きりん》は炎天に棒立ちになって舌を出していた。金で売り買いされた「商品。」として、死ぬまで生きることを強いられた生物たちである。

　子供の時に、はじめて姫路城内動物園へ連れて行ってもらった時と、基本的には何も変りのない光景であるが、併し一つだけ違っているのは、これらの生物を見る私の目差しが異なってしまっていることだ。見ることに、も早、何の喜びも感じられなかった。私といっしょに歩いている「迦陵頻伽。」も、金で売り買いされた生物だった。私は苦痛を覚えた。

　レスト・ハウスへ入って、冷たいものを呑んだ。アヤちゃんが手洗いに立った。戻って来た。

「あんた、なんでアマへ来たん。」

「何の当てもないのに、会社辞めたんです。そしたら二年後には、冬が来てもセーター一枚ないような状態になりました。」

「けど、そないなったら、またどっか会社勤めすれば、ええやないの。」

「はあ。それはそうなんですけど……、石油危機が来て、世の中はひっくり返っとるし。花札で一つもやくが付かんと零で上がったら、最後に勝負がひっくり返る、いうのあるでしょ。トランプのツー・テン・ジャックにも似たのがありますけど。」

「あッ、あれはむつかしいわ。へえ、生島さん花するの。」

「そら、二度や三度はしたことありますよ。」

「そう。けど、あれは萬分の一の確率でしか上がれへん手ェなんよ。最後の一枚で、やく札引いてしまうもん。いやや思てても、最後には引いてまうようになってるもん。そしたら、最低のやくが付いて、すっからかんになるわ。あの零で上がること、ふける言うね。――あんた、さては、ふけたろ思たん。」

「いえ、寧《むし》ろその最後の一枚でやく札引いてまいまして。」

「なるほど、分かったわ。あんた……。」

「いえ、付かんでもええやくが付いてまいまして。」

何か口を滑らせたような感じだった。この生を零で上がりたいと思うたのは、確かであるが。

動物園を出た。もう四時半を過ぎていた。時の過ぎ行く速度が、加速度的に速くなって行くように感じられた。これからどこへ行くのか。目の前には薄汚れた通天閣が突っ立っていた。界隈には、時代の動きから取り残された吊しの洋服屋や、ホルモン焼きの臭いのする安酒屋などが犇《ひし》めいていた。このあたりで出される煮込みには、犬の肉が入っているという噂を耳にしたことがあったが。私が出屋敷でさばいていた病死した牛や豚の臓物なども、その類いであろう。河豚《ふぐ》料理屋の前には、巨大な河豚提燈がぶら下がっていた。ドサ廻りの大衆演劇の芝居小屋には、「瀬川錦之丞一座」などという幟《のぼり》が立っている。その横には、大道将棋の台が並び、周りには人だかりがし、中には串カツをむしり喰いしながら、後ろから覗き込んでいる男もいる。街のたたずまいは全体としては薄汚れており、その汚れが、夏の烈しい西日に、容赦なく照らし出されていた。

「あれ、アヤちゃんやないか。」

パンチ・パーマに網シャツを着た男が、声を掛けて来た。アヤちゃんが、あッ、と息を呑んだ気配が、私に伝わった。

「こんなとこで何してんね。」

男は、にやにや笑いを浮かべて、私を見た。一見してくすぼりに間違いなかった。

「さっき、と言うても昼過ぎでしたけど、真田はんが事務所へお見えになってましたで。何やドス黒い顔して。」

「そう。兄ちゃんまだおんの。」

「いえ、もう帰らはりました。何や知らんけど、さっき迄、奥でうちの親ッさんと話してはりましたけどな。ところが、そうかと思たら、ついさっき、こんどは彫眉はんがお見えになりまして。ごいっしょやなかったんですか。」

男は指で自分の鼻の頭をなでると、さらに鋭い目で私を見た。アヤちゃんが息を呑むのが分かった。

「この糞暑いのに、わざわざこなとこまで来て、お愉しみですか。」

「そうやねん。うち一遍、動物園へ来たかってん。」

「動物園？　そりゃまた……。」

「うち、駝鳥が好きやねん。こんな大きな卵産むねんよ。」

「はあ……。」

「ほな、またな。」

アヤちゃんは踵《きびす》を反して、さっと歩き出した。男は私を見た。私は総身のうぶ毛が立つようだった。アヤちゃんのあとを追うた。真田のみならず、彫眉さんが私たちの身辺に現れたのは、私には恐ろしいことだった。おととい大物《だいもつ》の斎藤という男の事務所へ持って行かされた拳銃《チャカ》の輝きが、甦った。だんだん繁華な街の中へ入って行った。アヤちゃんは無言だった。私も無言だった。速足に歩いた。全身の血が沸騰するように騒いでいた。

アヤちゃんと私との二人だけの時間は崩れたのだ。どこをどちらへ向って歩いているのか、まったく分からなかったが、併しも早、虚の中を漾っているのではなかった。が、街の風景も、すれ違う人の顔も、まったく目に入らなかった。ぐらぐら街全体が底から動転しているようだった。それでいて、虚が虚のまま実に反転したような、生々しい現実感が喰い込んで来た。男が自分の鼻の頭をなでた時に見せた、左手の小指の先の欠損だけが、生々しい記憶として、ちらちらしていた。

突然、天王寺駅が見えるところへ出た。アヤちゃんは一瞬、立ち止まったが、すぐに駅の方へ歩いて行った。もう夕暮れの闇が迫っていた。構内へ入ると、一時預かりのロッカーへ真ッ直ぐに近づいた。私が荷物を預けたのとは別の場所にある、近鉄天王寺駅構内のロッカーだった。アヤちゃんは中から大きな鞄を引き出した。

「あんた、どないすんの。」

「はあ――。」

アヤちゃんは、私をじっと見た。目が動かなかった。恐ろしい存在感だった。

「私はどこも行くとこありませんし。」

「ほな、うちといっしょに来て下さるの。」

「は、連れて行って下さい。」

「どこへ行く言うの。」

「………。」

私は唇を噛んだ。アヤちゃんは私を見ていた。何か言わなければ、と気がせいた。

「生島さん。明日《あした》最後にここへ行きましょか。」

振り返ると、壁に赤目四十八瀧の観光ポスターが貼ってあった。森の中に瀧の水が流れており、その前に白い夏帽子を被った男の子が、白い捕虫網を持って、背中向きに立っていた。私も少年時代に捕虫網を持って、野山を駆けめぐったことがあった。私は慄え声で、

「ここ、ええとこや思います。」

と言うた。アヤちゃんの「最後に。」という言葉が、私の唇の内側にあった。これから通過して行くのである。

二人はまた街を歩きはじめた。私の手にも風呂敷荷物があった。出来るだけ暗い道筋を選んで歩いた。「たこ屋」という居酒屋へ入った。夫婦で営んでいるのらしい、しけた感じの店だった。客は入口近いところに、小役人風の男が三人いるだけで、奥の柱の陰になる場所が空いていたので、そこに身を隠した。蛸ブツや鯵《あじ》のたたきなどを注文した。冷たいビールを一気に呑んだ。一日、炎天下を歩いた疲れが、沈んで行くようだった。

新世界で逢うた男が言うていた、真田の「ドス黒い顔。」というのは、きのうの朝、

出屋敷のアパートで聞いた声そのままを思い出させた。私はまだアヤちゃんに、きのうの朝、真田がアヤちゃんを捜しに来たことは告げていなかった。その前の前の日に、セイ子ねえさんが来たことも言うてはいなかった。言うことは、博多へ行け、と言うことである。併し男の言うた「ドス黒い顔。」という言葉は、真田の追い詰められた心ざまを十分、アヤちゃんに感じさせただろう。のみならず、彫眉さんまでもが、私たちを捜してうろついているのだ。その衝撃の深さは、その後のまるで「駝鳥が駆ける。」ようなアヤちゃんの言動に、そのまま現れていた。併し私にはまだ、今夜が「最後の晩。」であるという現実感はなかった。いや、一方では確かに真田の「ドス黒い顔。」と彫眉さんの冷たい目は、一ト足ごとに、私にも喰い込んで来たのではあるが。明日が期限の八月二十日だった。

「あいつ、寺森いうのよ。あいつ、うちとあんたが動物園から出て来たこと、眉に言うかも知れへんわ。」

「言うでしょう、恐らく。」

「ええの、それで。」

「――――。」

「兄ちゃん、可哀そうに。必死になって、うちを捜してんね。けど、うちは博多なんか行かへんわよ。」

沈黙が音伝《おとず》れた。私は何か言わなければと、またせかれた。耳が遠くなりそうだった。

「明日《あした》、赤目ェ行きましょ。」

アヤちゃんは、私の目を見た。――また沈黙が音伝れた。私はその静寂を呼吸していた。店の女があたりめを焼く匂いがした。アヤちゃんにビールを注いだ。私にも注いでくれた。気泡がふつふつと立っていた。私は目をつぶって、一気に呑んだ。何か自分の運命を呑みほしたようだった。

私はアヤちゃんに、晋平ちゃんに石を投げつけられた時の顚末を話した。

「何や、そうやったん。」

アヤちゃんは笑った。

「あの子も、眉に似て可笑しなとこがある子ォやったから。」

私は晋平ちゃんの、あの無慙《むざん》な姿になってしまった折紙のことを思い出した。

「あの子のお母さんは、どないしはったんですか。」

「さあ。うちも知らんのよ。それだけは眉も、うちには言わへんなんだわ。」

「そうですか……。」

「人からいろんな噂は聞いたけど。」

「たとえば。」

「そら、眉の一番の友達と逃げたとか、どこにでもあるような話よ。いや、あの子の母親は、もともとはその男のれこやったんやけど、男が入ってるあいだに、眉が晋平を産ませたとか。これは、伊賀屋のおばちゃんから聞いた話よ。」

「入ってるて、どこへですか。」

「決まってるやないの。」

アヤちゃんはかすかに、ふくみ笑いをした。塀の内側ということらしかった。アヤちゃんは冷酒を取って、ぐいぐい呑んでいた。私にも次ぎ次ぎに注いでくれた。そうなると、時の経つのは速かった。

暗い道を歩いているうちに、生國魂《いくたま》神社の境内へ出た。私はそこで放尿をした。尿の描く弧に、ドぎついネオンの色が染まっていた。神社の周りは、連れ込みホテルだらけだった。私たちは「ナポリ」というホテルに入った。二人とも昨夜よりは酔うていた。抱き合ってベッドに転がり込んだ。が、汗臭く、すぐに風呂場へ行って、いっしょにシャワーを浴びた。私はアヤちゃんの軀にシャボンをぬたくり、アヤちゃんの魂を洗い出したい一心で、ひたすらに洗った。アヤちゃんの背中の入れ墨が、あざやかに色を増し、別の生物《いきもの》のように動いた。出て来ると、冷房で軀を冷まし、またビールを一トロずつ呑んだ。アヤちゃんが、正面から、言った。

「もう思い出の時やね。」

「え？」

「いま生島さんとここにこないしてるけど、もう思い出になってもた時や、言うたんや。もう済んでもた時とちがう？」

「………。」

アヤちゃんはグラスをおくと、電話の受話器を引き寄せた。

――あッ、ねえさん。うち。アヤ子です。

――それは言えへんわよッ。

――そう、兄ちゃんおらへんの。

――なんで、うちが博多へ行かなあかんのッ。あんたが行ったらええやないかッ。

――明日《あした》がどないしてん。勝手なこと言わんといてッ。明日はあんたが行ったらええねッ。

――あんたが男取ったらええやないかッ。それでお金返したらええねッ。

――えッ。それは言えへんわよッ。あッ、今日寺森さんに逢うたわよ。

――うちがいまどこにおるかなんて、言えへんわよッ。

――そら、洙寧《スヨン》はまだややや子やし、あんたも辛いわよね。けど、なんでうちが行かなあかんのッ。阿呆ッ。

――ほな。

アヤちゃんは電話を切った。明日が期限の八月二十日だった。私は胸が詰まった。アヤちゃんはバス・ローブを外すと、ベッドへ移った。裸体が転がっていた。その手が伸びて、照明を暗くした。刺青が醜い大痣《おおあざ》のように見えた。その身を反転させると、乳が揺れた。

二十四

朝、ホテルを出たのは八時過ぎだった。近くに近鉄上本町《うえほんまち》駅があった。併しアヤちゃんは、この先に環状線鶴橋駅があるから、そこまで行こうと言うた。だらだら坂を降りて行った。駅のそばにハンバーガー屋があった。そこで立ち喰いした。喰い終ると、アヤちゃんが言った。

「生島さん。うち赤目へ行く前に、一つだけ用を済まして来なあかんね。」

「何ですか。」

「うちがゆうべこの鞄取り出したとこあるやろ。天王寺駅の。あんたあそこで待っててくれへん。いま九時前やから、十一時半までには、かならず行くさかい。」

「はあ――。」

私は困惑した。このままアヤちゃんに置き去りにされるのではないか、と思うた。それが顔色に出た。

「あんた、何心配してんの。うちを信用して待ってて。な。」

アヤちゃんは背を向けた。店を出て行く。私はあとを追った。併しすぐにアヤちゃんは停車中のタクシーのドアを開けさせ、こちらをちらと見やりながら乗り込んだ。後部座席に頭が見えた。走り去った。

ハンバーガーを頰張っていた時からすれば、わずか一分足らずのなりゆきだった。こちらをちらと見やった時の、すげない目が身に沁みた。八月の真ッ青な空が見えた。不意に、私はまったく見知らぬ時間の中に投げ出されてしまったようだった。

不意に、正子が国電四ッ谷駅で、

「それでは。」

と言うて、私に背を向け、立ち去った時の光景を思い出した。あの時、私は心に、逃げて行く、と思うた。あれは、私の中から何が去って行ったのだったのか。

アヤちゃんも、他人である。私には窺い知れないいきしみが、絶えず心に動いているのに相違なかった。おとといの夕方、アヤちゃんに逢うてから聞かされた、さまざまなアヤちゃんの言葉が、私の頭の中でもつれ合って、息をしていた。ドラム罐にコンクリート詰めにされて、明石海峡に捨てられた男の泣き声や、ごみのダンボール箱の中に入って息を殺していたアヤちゃんの息づかいが——。

私は高架線に沿うた道を歩き出した。天王寺駅は三駅先である。きのうの朝、アヤちゃんはいったんは私を置いて去ろうとしていた。恐らくは私を巻き添えにしたくない気持があってのことだったのだろう。が、きのうの夕、あの寺森とかいう男に出喰わしたあとの息づかいは、ただごとではなかった。私も脅えた。あの「最後に。」いっしょに赤目四十八瀧へ行きたいと言うた時の目は、私の心臓に届くものだった。併しアヤちゃんは急にどこへ行ったのか。博多へ行ったのか。それならば、これですべては終りである。まさか——。

あるいは、あの寺森たちの組の事務所へ行ったのか。が、もしそうならば、もう戻っては来られないだろう。併しかりにそうであるにしても、私はどうあっても待っていなければならない。あの醜い火傷の痕のような「蓮の花。」を見たではないか。愛撫したではないか。いや、アヤちゃんは「逃げるなら、いまのうちよ。」と言うているのかも知れなかった。が、恐ろしい「迦陵頻伽。」の目だった。あの極楽の鳥の目が私を見ていた。私には、も早、どこも行くところがなかった。

駅の時計の針が、十一時四十分近くなった時、私は初めて来ないなら来ないでいいと思うた。何かじりじりする思いで、そう思うた。来ないのは、来られないわけがあってのことに相違なかった。併し待ち疲れ、じりじりすればするほど、アヤちゃんを殺《あや》めたい思いに囚われて行った。いや、アヤちゃんもろとも、己れを赤目四十八瀧の深い瀧壺の底へ、切に突き落としたい欲情に囚われていた。アヤちゃんが来れば、それはそのまま「最後の。」うろつきになるだろう。恐ろしかった。――おそれずに／あの帽子をひろってください。私はまた耳が遠くなるようだった。逃げ出したい、と思うた。アヤちゃんが小走りに近づいて来た。

「ごめんね。待たして。」

「いや――。」

アヤちゃんは鼻の頭に汗をため、はあはあ息をしていた。大きな鞄を提げていた。

「うち、さっき生島さんの姿が見えた時、うれしかった。」

「うちはタクシーに乗った時、生島さんがここに待っててくれへんでも、かまへん思てたん。けど、うちどないしても行って来なあかんかってん。」

「――。」

「いや、私は――。」

「ごめんね。生島さん待っててくれたんやな。ありがとう。うち一生忘れへん。」

何かこの女にしては意想外に息をはずませた話し方である。相手が何を思うて突っ立っていたか、というようなことは想わずに、自分の思いばかりに足を絡ませた物言いである。私は寸前まで、この女を殺《あや》めたいと願えば願うほどに、また逃げ出したいと思うていたのである。叫び出したい衝動を覚えた。

「荷物、ここへ入れとこ。」

アヤちゃんはロッカーに銭を入れた。

「あんたも入れとき。もうそんなもんいらんやないか。」

アヤちゃんの鞄の中には何が入っているのか、こと細かには知らないが、私の風呂敷荷物には下着その他が入っているだけだった。ゆうべ二人とも新しいのと取り換えた。もう新しい下着に着替えることもないのだ。アヤちゃんは鍵を抜いた。

二人は環状線で鶴橋駅へ向った。赤目口へ行く電車は、近鉄鶴橋駅から出るのだった。八月二十日午後零時四十分・鶴橋発・名張《なばり》行き急行に飛び乗った。電車が駅を出ると、大阪のごたごたした町並みが目に写った。恐らくはこれが、この世で「最後に。」見る風景になるだろう。屋根が、壁が、看板が、樹木の葉のきらめきが、炎天下の白い道が、自動車が、人が、小学生が、夾竹桃《きようちくとう》の花が、空地の夏草が、目に写るすべてのものが克明に見えた。

が、別に何の感動もなかった。心が鈍い塊りのようだった。二十五か六に見える女と三十四歳の下駄履きの男が、ただ黙って、横長の座席に並んで坐っているだけだった。少なくとも、電車の中の人たちにはそう見えるはずだった。

――私たちはこれから死にに行くんです。心中しに行くんです。赤目四十八瀧へ行くんです。あの世へ逃げて行くんです。この電車の中の座席は、坐ろうと思えば、誰でも坐れる席です。だから、私たちも切符を買って、ここに坐ったのです。あなたたちも買って、そこに坐ったのです。けれども、この私たちの席は、私たちだけのものです。あなたたちは、どこへ行くのですか。貧乏な叔母さんの家ですか。会社の仕事で、人を騙しに行くのですか。サッカーの試合に負けに行くんですか。友達の家へ謝りに行くんですか。その席は、すぐに捨て去る席ですね。併し私たちはこの席に坐ってしまったのです。も早、捨て去ることは出来ない席です。人には譲ることが出来ない席です。赤目四十八瀧へ行く席です。もう帰りの席はない席です。誰でも坐ることが出来る席ですが、併し私たちだけが坐った席なのです。黄金の席です。どうです、ここだけが輝いているでしょう。ここは死の席です。

私は心の中で、こんなことを言うていた。併し言えば言うほど、嘘臭い言葉だった。黄金の光なんか発していなかった。アヤちゃんは私の手をにぎったり、指先でなでたりしていた。人前でこんなことをされるのは、はじめてだった。先ほど天王寺駅の待ち合せ場所へ来た時の、この女にしてはやや取り乱したような喜びようが、胸にあった。アヤちゃんは私が待っていないと思うていたのだ。どこへ行っていたのか。私には窺い知れない世界が、この女の中には動いている。が、私が待っていたことを嬉しいと思うてくれたことだけは、本当なのだろう。

「伊賀屋のおばちゃん、名張の人なんよね。」

「あッ、そうですね。」

「あの人、伊賀の山に咲いてる花で、虫狩《むしか》りいう木の花が好きなんよね。今年も店に飾ってたわ。白い木の花よ。それから、うち、あの人から名張の山で採って来た言うて、伊勢撫子《なでしこ》いう花をもうたこともあるんよ。これも白い花。あの人、あんな悪たれ婆ァみたいやけど、意外なとこがあるんよ。」

「そうですね。私も——。」

欅《けやき》の盆栽をもらったことを言おうとしたが、なぜか言葉が出なかった。恐らくはその白い花が踏みしだかれて、蕁麻《いらくさ》になって行く過程が、セイ子ねえさんの生だった。

「おばちゃん、あんたのこと自分の子供のように思てたのよね。」

「はあ——。」

「生島さん、お友達が東京から捜しに来やはったいうやないの。それも、おばちゃんが言うてたことやけど。」

「あいつは、私のざまァ見に来ただけです。」

「それが心配して来たいうことやないの、わざわざ。女の子がゴム毀して遊ぶ時、誰かに見てッ、見てッて言うでしょう。誰かに見てて欲しいのよ。」

「………。」

「けど、ほんまに困ったら、人は誰にも相談でけへんのよね。人に相談できるあいだは、まだほんまに困ってないいうことよね。うちは生島さんにしがみ付いてもたけど。うちは生島さんのお陰で生き返った心地がした。」

アヤちゃんは笑った。車窓に映る野山の緑が、夏の烈しい日差しをあびて、輝いていた。目の前にいる百姓風の女が、背負い荷物の中からパンと水筒を出して食べていた。何の変《へん》もない郊外電車の車内風景である。私はアヤちゃんとそこに並んで坐っていた。が、そうして自分がそこに坐っていることが、まだ何かもう一つ手の届かない現実のように感じられた。少なくとも駅で待っていた時、逃げたいと思うて突っ立っていたことだけは忘れていなかった。アヤちゃんの姿が見えた時、どきッ、と心臓が慄えた。恐ろしいものが、私に向って歩いて来た。そして私たちはこの電車に乗ったのだ。

併し何かまだ乗ったということが、現実ではない現実のようにしか思えなかった。車窓には大和の山峡《やまかい》の夏の風景が次ぎ次ぎに過ぎて行く。アヤちゃんの目はその夏の光を受けて、輝いていた。全身の細胞には「これから生島さんと死にに行く。」嬉しさの匂いが漲《みなぎ》っていた。いや、背中一面に墨を背負うた悲しみの匂いであったかも知れない。私はアヤちゃんとのまぐわいを、くり返し頭の中でなぞっていた。「蓮の花。」の上に、大きく翼を広げた「迦陵頻伽。」が身悶えしていた。

電車が赤目口駅に着いた。駅前広場は真昼の光と闇が氾濫していた。腹が減っていた。が、三重交通のバスが待っていた。乗客は私たちをふくめて数名だった。駅前広場の端に、日傘を差した女が立っていた。じっと動かない。アヤちゃんを見返ると、じっと前方を見ていた。その目の光に、私はどきんッとした。ただならぬものを感じた。先ほどの電車の中での浮き立つような気配が、完全に払拭されていた。前に続く通りには、人影はなかった。夏の光が地上の静寂を照らし出していた。アヤちゃんの目差しは、恐らくは、はっきり死を見詰めた目だった。また日傘の女が目に入った瞬間、バスは発車した。

二十分ほどで、「赤目観光ハウス」というところに着いた。雑木林の中の、何かごみごみしたところだった。私たちはそこでビールを一本呑みながら、カツ丼が来るのを待っていた。アヤちゃんはバスに乗った時から、ほとんど目線を動かさなくなっていた。私を見るでもなく、ただじっと前方のどこかを見詰めているようだった。ビールがビールの味に感じられなかった。私にはこれが「最後の。」酒と飯になるかも知れないという気はあった。併し腹が減っているので何が喰いたい、ということもなかった。

店の時計は午後三時前を差していた。時計の針がかなり遅れているような気がした。何か言わなければと、しきりに気が立った。併し言葉は出なかった。アヤちゃんは「残りの。」ビールを呑みほすと、小声に言うた。

「あんたは、あかんやろ。」

私は思わずアヤちゃんを見た。アヤちゃんは目を避けた。カツ丼が来た。味がなかった。ただ虚の中をさ迷うているうちに、赤目へ来てしまったのだった。来てしまったことにも、畏敬の念は持てなかった。物のはずみ、と言うが、どこかで「物。」がはずんだのだ。そのはずみの力に弾《はじ》き飛ばされて、ここまで来たに相違なかった。

アヤちゃんは黙って、カツ丼を喰うていた。「あんたは、あかんやろ。」とは、どういう意味か。この言葉は、アヤちゃんの心のどこから発生したのか。己れの心が、ふたたび「冷え物。」になって行くのが、はっきり感じられた。私は半分も喰えなかった。アヤちゃんは、私が食べ残したお新香にも箸を伸ばした。これから瀧を見て、それからどうするのだろう。

レスト・ハウスの支払いは、アヤちゃんがした。きのうの朝、天王寺の定食屋で私が支払いをした以外は、この三日間の支払いは、すべてアヤちゃんがした。食堂でくれた「赤目四十八瀧探勝案内図」という絵地図を見ると、相当に山奥まで瀧は続いているようだが、瀧は二十ほどであるらしい。

私たちは川沿いの道を歩いて行った。視界に入る範囲には、絶えず十人前後の人がいた。子供連れで来ている人もいた。夏の濃い青葉に覆われた山が、風に揺れていた。山道は濡れている。道は杉、椈《ぶな》、楓《かえで》、紅葉《もみじ》、楡《にれ》、樅《もみ》などの鬱蒼とした葉蔭になって、小暗いほどだ。大阪の町中の暑熱の中から来た身には、空気が爽やかで、冷気さえ感じられるほどだ。蜩《ひぐらし》がカナカナと鳴いていた。

歩いて行くに従って、右手に小さな瀧が現れた。行者瀧と名づけられている。続いて左手に霊蛇瀧が見えた。名前からすれば、いずれ白蛇姫伝説でもあるのだろう。次ぎに橋を渡る時、右手に不動瀧というのがあった。これは大きな瀧だ。その後ろには屛風岩が切り立っていた。

川は丈六川《じょうろくがわ》と言い、川幅は二間ほどである。人が川の淵を覗いているので、覗くと、澄み切った水に夥《おびただ》しい数の川鯥《かわむつ》が泳いでいた。処女《おとめ》瀧、八畳岩、千手《せんじゅ》瀧、と速い水の流れと奇岩が現れる。瀧はいずれも速い水の流れに、岩で段差が出来たところに出来たものであるが、千手瀧というのは美しかった。黒蝶が川を渡って行った。私は早く誰もいない山奥へ行きたかった。この先、どうなるにしろ、一刻も早く、人のいないところへ出た方が気持が落ち着きそうだった。併し実際に先へ先へ歩いて行くのは、アヤちゃんだった。何も言わずに、先へ先へ歩いて行く。まるで目的の死地がはっきりしているかのように。

アヤちゃんが立ち止まった。流れに手を浸した。石を拾って、水に投げた。底の石が洗われて行くのが克明に見えた。魚の影が消えた。

「生島さん。ここ、綺麗なとこやな。」

「はあ――。」

私は生返事をした。それが私のいら立ちを搔き立てる。

「うちの兄ちゃんな、小学校のころ、ここへ遠足に来ることになってたん。けど、お金がないんで、母《あぁ》ちゃん病気になったふりして、兄ちゃんを騙してん。そいで、看病せなあかんので、遠足は休みます、言うて、先生に言え、言うて。結局、兄ちゃんは遠足には行けへなんだん。兄ちゃんその日、一日、しょんぼりしてた、言うて、あとで母《あぁ》ちゃんが言うてたわ。うちは正令《ジヨンニヨン》には悪いことした、言うて。あとでほんまに病気になって死ぬ時、そない言うてたわ。うちはばちが当った、言うて。」

瀧瀬の音が耳に高くなるようだった。

「うちはその日、遠足に行かしてもうたけど。宝塚の甲山《かぶとやま》へ行ってたん。うちは今日、生島さんとここへ来てしもたし。――さっきバスに乗った時、兄ちゃんの遠足のこと思い出して。思い出いうのは、辛いね。ぽかッと穴が空いてるみたいや。」

「そんな思い出ばっかりですか。」

「兄ちゃん、もしいまここへ来ても、もう嬉しない思うやろ。こんなええとこやけど。やっぱりあの小学校五年生の時やなかったら、嬉しい筈ないもん。もう過ぎてしもたんよね。兄ちゃん、ええ生活したい、思て、金に手ェ出したんよ。」

「それはそうでしょうけど。」

「うちは兄ちゃんの来られへんかったとこへ来てしもた。駅でここの写真見た時は、こんなこと忘れてたんやけど。うちが小学校一年生の時のことやからね。けど、バスに乗った瞬間、母《ああ》ちゃんが言うてた言葉、ふっと思い出して。」

「私は今日あなたとここへ来て、よかった思てます。」

「そう――。」

併し何か言いたい言葉を呑み込んだような物言いだった。「あんたは、あかんやろ。」とは、私がこの女に失望されたということか。

しばらく歩くと、布曳瀧《ぬのびき》という見事な瀧があった。高さは三十米《メートル》はあろうか。一条の布を掛けたように落ちる瀧は、深い青緑の瀧壺にまっしぐらだった。山蔭になっているところで、ここばかりは水の流れもゆっくり底渦を巻くように、蒼い色を湛《たた》えていた。底は見えない。私の古里の川にも、こういう淵があった。底には横に洞穴があって、「そこではな、きれいな橋姫が機《はた》を織ってはんねやで。」と祖母が言うていた。

布曳瀧のすぐ上には、龍ヶ壺という深い淵があった。ここから流れ落ちる水が、すぐ下の布曳瀧へ一挙になだれ落ちているのである。投身するなら、ここだなと思うた。ここから布曳瀧の瀧壺へすべり落ちれば、間違いなく途中の岩に頭蓋骨は摧《くだ》かれるだろう。岩走る速い水の流れだった。

私がそう思うたのが、アヤちゃんにも伝わったのか、じっと淵を見ていた。無論、いまは駄目である。上の方から、人が下りて来る。もう、小一時間は歩いて来た。

私はひたすら先へ歩いて行った。私が失望されたとするならば、意地でもこの女といっしょに死んでこましたる、と思うた。ひたすら死にたいと思うた。全身の血が冷血となって流れ、沸騰するようだった。

併しまたこの女に私が見限られたとするならば、もういっしょに死ぬ意味などないようにも思われた。いや、どんな死に方をしようと、本来、死ぬことには意味などない。生が、つかの間の光であるように。瀧瀬が斧ヶ淵、縋藤《すがりふじ》瀧、陰陽《おんよう》瀧、釜ヶ淵と続いていた。いずれも目を瞠《みは》るように美しい瀧である。素ッ裸になって、瀧飛沫《しぶき》を浴びている男がいた。日あしがすでに山蔭になるところもあった。

百畳岩というところへ出た。岩の上に茶店があった。「氷」と染め出した布が軒に垂れていた。客の女が三人、ラムネを飲んでいた。茶店の前から川へ、ゆるやかな傾斜で一枚岩の岩盤が広がっていた。私はアヤちゃんを見返って、

「休みましょうか。」

と言おうとして、口をつぐんだ。アヤちゃんは先へ歩いて行った。私は黙ってあとに従った。道の端にちいさな紫色の花が咲いていていた。

七色岩、姉妹瀧、柿窪瀧、横ヶ淵、斜瀧、夫婦瀧、と清冽な瀧が次ぎ次ぎに続いていた。荷担《にない》瀧へ出た。これはひときわ見事な瀧だった。大きな岩を真ン中に挟んで、水が左右から二つに分かれて、流れ落ちていた。アヤちゃんは黙って瀧を見ていた。

さらに行くと、雛段瀧へ出た。もう何も話すことはなかった。日が山蔭に沈んで行く

に従って、上から下りて来る人の数もまばらになり、だんだん時が後ろから追うて来るようだった。

琵琶瀧という瀧の前まで来た時は、恐らくはもう午後五時を過ぎていた。人の気配はまったくなくなった。私の先を行っていたアヤちゃんが、不意に立ち止まった。こちらを見た。

「生島さん。うち、もうええの。」

「えッ。」

私はアヤちゃんを見た。アヤちゃんの目は夕暮れが近づいた山の気を受けて、白目の部分が蒼白だった。

「うち、あんたを殺すこと出来《でけ》へん。」

「――――。」

アヤちゃんは唇を噛んだ。

「うち、あんたといっしょに死にたい思ててん。ほんまにそない思ててん。あんたが駅で待っててくれたの見た時、うち、うれしかった。」

瀧の音が耳を通過した。

「けど、生島さんといっしょにここまで来れたから、もうええね。うちは生島さんを殺すことは出来へん。うちの道連れには出来へん。生島さんが駅で待っててくれはったん見た時、そない思てん。そしたら、うちはすうッと気が軽なってん。うち、あんたが引く最後のぶた札になりたない。あんたにはふけて欲しいんや。零で上がって欲しいね。今日が約束の八月二十日や。兄ちゃん助けるためには、うちはいまごろ博多へ行ってなあかんのやけど、もうここまで来たからええね。兄ちゃん、どうせあいつらにいかれてしまうんやから。」

私は生唾《なまつば》を呑んだ。真田は、私とアヤちゃんが今日ここへ来たために殺されるのだ。いや、アヤちゃんは私が天王寺駅で待っていたから、今日ここへ来たのだろう。アヤちゃんは一人では来られなかった、と言うているのだ。

「うち、これから大阪へ帰らなあかんね。」

私の胸は大息を吐いていた。

「うち、生島さんには悪いことした思てんね。堪忍《かんにん》ね。けど、うちほんまにうれしいとも思てんねん。うちは大阪へ帰らなあかんね。今朝、あんたを待たしてたやろ。あのあいだに済むはずの用が済まへなんでん。うち生島さんを待たしてるし、あとでも一遍来る、言うて、出て来てん。」

「そうですか――。」

瀧の音が激しく耳を通過していた。絶壁に囲まれた、岩風呂のような瀧壺だった。アヤちゃんは、恐らくはあの寺森とかいう男たちの事務所へ行ったに相違なかった。寺森はきのう真田と彫眉さんが来た、と言うていた。眉さんはアヤちゃんを、あるいは「私たち。」を捜しに来たに相違なかった。が、真田が来た、ということは、それとは別の意味だ。寺森たちの事務所は、真田にとって切羽詰まった時に、最後に相談に行けるところだったのだろう。あの寺森のアヤちゃんに対する態度も、険悪なものではなかった。アヤちゃんも、何らかの相談に行ったに相違なかった。

夏とは言うても、もう八月後半である。日が山蔭に落ちると、急に夕闇の気配が漾《ただよ》いはじめていた。私はアヤちゃんに近づいた。抱きしめたいと思うた。が、アヤちゃんは少し笑って、身を躱《かわ》した。そのまま下りの山道を歩いて行った。私はその背中を見ていた。

龍ヶ壺のあたりまで戻って来た時には、もう相当に夕闇が迫っていた。アヤちゃんは立ち止まった。じっと深い淵を見ていた。暗い、静謐《せいひつ》な、水の渦だった。もうあたりに人の気配は、まったくなかった。アヤちゃんは、私を見た。

「生島さん。も一遍、うちを抱いて。」

「――――。」

一歩近づいた時、アヤちゃんは私を抱いたまま身を投げるのではないか、と恐れた。アヤちゃんが私を烈しく抱きしめた。そのまま山道に転げた。私の下駄が脱げた。瀧瀬の音が耳を通過していた。

　レスト・ハウスの前まで戻って来た時は、もう完全に日は落ちていた。雑木林の中に外燈が立っていた。食堂はもう閉まっていた。アヤちゃんの白い服も、私のズボンも、湿った山道の泥や濡れ落葉にべっとり汚れ、アヤちゃんの髪には枯葉の屑が付いていた。雑木林の中のベンチに坐って、バスを待った。これから大阪へ帰れば、その先はどうなるのか。あるいは、この女とどこかに身をひそめ、いっしょに生きて行くことになるのか。いや、真田のことはどうなるのか。眉さんはどう動くのか。すべては、そのなりゆきだろう。

「生島さん。うちの名前、ほんまは李文螢《イームンヒヨン》いうね。朝鮮人や。」

「はあ、セイ子ねえさんから聞いてました。」

「そう。あのおばちゃん喋りやな。」

「あの人は、淋しい人です。」

「生島さん。折りを見て一遍あのおばちゃんに逢《お》うたげてな。」

「はあ。私もあの人に渡したい思てるもんがあるんです。」

「何？」

「いや、しょもないもんです。」

「何やのん、言うてもええやないの。」

　私は笑っていた。あの京都で求めた匂い袋が、私の手提げの内隠しに入っていた。谷

間に、月が出ていた。それを見て、アヤちゃんが、

「うち、月と雷が好き。」

と言った。そこへバスが来た。バス停には数人の人が立っていた。近鉄赤目口駅で上本町行き電車に乗ったのは、午後八時過ぎだった。乗客はまばらだった。窓の闇に人家の灯が見えた。疾走する自動車の光が見えることもあった。

車内に虫が舞っていた。烈しく窓ガラスにぶつかって落ちた。翅《はね》の紋様が木の葉の形をした、大きな蛾だった。前に坐っていた五十過ぎの風采のいい女が、いきなり靴で踏み潰した。併しやはり来た時の電車とは、気分が違っていた。大阪へ帰れば、なりゆき次第では、ただでは済まないという恐れはあったが、併し来た時のような、もう一つ現実に手が届かない気分はなかった。電車の中に坐っていることが、電車の中に坐っているように感じられた。も早、虚の中をさ迷っているのではなかった。生木の裂けたような安堵感の中に坐っていた。

アヤちゃんはぐったりした風に、私にもたれていた。腹が減っているに相違なかった。私も空腹で、喉がからからだった。今日一日のことは何だったんだろう。そういう思いがきざす。が、深い疲れに盆の窪のあたりが、じんじん痺れたようになっていた。深い森の中の、赤目の瀧の清冽《せいれつ》な水の流れだけが脳裡に沁み込んでいた。一呼吸一呼吸、息を確かめながら、私は踏み潰された蛾を見ていた。目の前の女は、そんなことなどまっ

たくなかったかのような顔をして坐っていた。

私は手提げから匂い袋を取り出した。透明な紙に包まれていた。アヤちゃんは目を閉じて、仮寝をしているようだった。私は、

「これです。」

と言うた。アヤちゃんが手に取った。

「セイ子ねえさんに、これ上げよ思てたんです。」

アヤちゃんは私を見た。

「匂い袋です。」

アヤちゃんはふくみ笑いをした。そして紙の口を鼻に近づけた。

「ほんまや。ええ匂いするわ。」

「そうですか。ねえさんにはいろいろ世話になりましたし。」

「生島さん。これ、うちに頂戴。」

「えッ。」

「おばちゃんには、また買《こ》うたげたらええやないの。」

アヤちゃんは、匂い袋を自分の手提げの中に仕舞ってしまった。

「うちは、何でも生島さんから取り上げてしまう女やな。」

私は笑った。電車が大和八木駅の構内へ入って行った。停車した。橿原《かしはら》線への乗換え

駅である。乗降客の出入りがあった。その時だった——。

「うち、ここで降りるッ。」

アヤちゃんは起ち上がった。

「うちは、こッから京都へ出て、博多へ行くからッ。」

アヤちゃんがプラットフォームへ飛び出した。咄嗟に私も起ち上がろうとした。併し片足の指が、下駄の前鼻緒に掛かっていなかった。起った時、ドアが閉まった。アヤちゃんと目が合った。何か恐ろしいものを呑み込んだ、静止した目だった。電車は動き出した。私はドアのガラスにへばり付いた。手のひらが冷たかった。アヤちゃんがフォームを五、六歩、駆けて来た。見えなくなった。

二十五

その後、私は四年の間、大阪曾根崎新地、堺三国ヶ丘町、神戸熊内町《くもちちょう》、神戸元町に身をひそめていた。三十八歳の夏、また東京へ出て来て、ふたたび会社員になった。二年後の冬、会社の用で大阪へ行った時、夜九時を過ぎて、アマへ行くべく阪神電車に乗った。淀川に映る電車の燈が目に流れた。東難波町に伊賀屋を訪ねた。が、店があったところは、自動車の駐車場になっていた。隣家の外壁が剝き出しになっていた。私は苦痛を覚えた。

出屋敷へ歩いて行った。アパートの露地口の荒物屋は閉まっていた。露地を入って、アパートへ入った。一階には人の住んでいる気配がしたが、二階へ上がると、真ッ暗だった。空気が冷え冷えと死んでいた。廊下の闇を奥へ進んだ。女が来ていた部屋も、彫眉さんが仕事をしていた部屋も、扉が閉ざされていた。私が臓物をさばいていた部屋の扉には、蝶番《ちようつがい》が付けられ、南京錠が掛かっていた。物音はまったく聞こえなかった。私は闇の中に立っていた。

解説

川本三郎

口当りのいい作品が多い現代文学にあってこの「赤目四十八瀧心中未遂」は、異物のように傲岸と屹立している。異彩を放っている。主人公の「私」はかつて会社勤めをしていたとき、坊主刈りで書類は頭陀袋に入れていたというが、その異形の姿は、作品そのものにも反映されている。

現代の多くの小説が、社会の表層に浮遊しているだけなのに対し、車谷長吉は、時代の流れに抗うように、社会の底へ、人の心の深部へと下降していく。日々、消費されていく日常の時間とは別のところに身を置こうとする。生半可な言葉を拒否し、生の深みへ、淀みへ、泥土へと降りていこうとする。

小学校の一年生くらいの男の子が登場する。ごみごみした町の一角にある空地に放置された土管に、大きな蝦蟇を隠している。「私」がそれを覗き込もうとすると「見たら、あかんッ」と鋭い声をとばす。

この小説にも、気やすく近づく読者を「見たら、あかんッ」と拒絶する孤高の強さ、禁止の凶々しさがある。

車谷長吉は、現代文学のなかで死滅しつつある私小説の、最後の書き手といわれている。確信犯的に〝時代遅れ〟の形式に執着する。といっても、よくある、作家と作中の「私」が幸福に一致している私小説とは少しく違う。作者と「私」の関係は、もっとひりひりしている。作者は「私」を冷たく突き放している。ときには喧嘩ごしに「私」を見ている。作中の「私」を完全に信じてはいない。

この小説の「私」は、自ら世を降りてしまった世捨人である。三十三歳の若さなのに、まともな会社員生活を捨て、友人たちとの交流も断ち、町から町へと流れ歩き、尼ヶ崎にやってきた。

日本文学には、隠棲文学の伝統がある。古くは、「方丈記」があり、近代では永井荷風の「濹東綺譚」がある。俗世から身をはがし山野や陋巷に身を隠す。つげ義春の漫画も隠棲志向が強い。ただ、従来の隠棲文学は、隠れ里探し、一種のユートピア譚である。この世のはずれに、俗塵の届かない場所がある、現世の欲が消えた場所があるという美しい幻想が前提になっている。

しかし、この小説にはそれがない。「私」は、どこかに世捨人を受入れてくれる〝美しい町〟があるなどとは毫も信じていない。「人の生死には本来、どんな意味も、どんな価値もない。その点では鳥獣虫魚の生死と何変ることはない」と平気でうそぶく人間である。虚無的というのとも少し違う。落ちるところまで落ちてやるというふてぶてしい堕落の思いである。投げやりで落ちてゆくのではない。自覚的に、明晰のままに下降してゆく。不敵である。

「私」は尼ヶ崎のはずれにある、阪神電車出屋敷駅近くの「ブリキの雨樋が錆びついた町」に流れ着く。昭和五十三年のこと。そこは「温度のない町」だったという。

「近代の都市はどこもみな、職を求めて流れ込んで来た流人たちの掃寄せ場という性質を隠し持っているが、尼ヶ崎はこの隠された本質がむき出しになった市《まち》とも言えよう。私もまた喰詰め者としてここへ来た」。

そこは、山本周五郎の「季節のない町」を思わせるような、都市の場末の吹きだまりの町である。「私」は、日当りの悪い老朽木造アパートに部屋を借りる。電話もテレビも置かない。この部屋が、世を捨てた人間の隠れ里になる。自分から「無能者」と呼ぶ。「ならずもの」とか「スカたん」とルビが振られる。自分で自分を意図的に〝どん底〟に追い込んでいる。

なぜこんなところに来たのか。理由はとくにない。ただ「物の怪」に取り憑かれたというべきだろう。生きていくことへの怖れと不安が、まるで異様な生き物のように大きくなって「私」を苦しめる。そこから逃れたい。自分の身を消滅させてゆきたい。

「私」は東京で会社員だったときから、社会生活になじまない。正月が来ても行くところも帰るところもない。訪ねてくる人もないし、訪ねたいと思う人もいない。正月の午後、東京の東のはずれを流れる荒川放水路を歩き、夜、ノートに「枯蘆の茫茫と打ち続く様、物凄まじく、寒き川はぬめぬめと黒く光りて流る」と書き記す。茫漠とした風景のなかで、世の中から捨てられたような気分になる。その索漠とした気分がむしろ身に沁みる。ちなみに、このノートの文章は、永井荷風「断腸亭日乗」の影響が見てとれる。荷風もまた陋巷願望、消滅志向の強い孤高の文人だった。

「私」は、古ぼけた木造アパートの二階に身を潜め、来る日も来る日も、焼き鳥で使う臓物を切り刻み、串刺しにする。一本三円の「しょうもない」仕事を、自己処罰のように繰返す。その姿は、生の深みへ、深みへと降りていき、言葉をつかみ、ひとつひとつの言葉を串刺しするようにして小説を書こうとする車谷長吉自身の姿と重なり合う。車谷長吉が私小説作家であるというのは、この意味でである。決して、作家と作中の「私」が一致しているからではない。「私」の求道的ともいえるストイックな無償の行為と、車谷長吉の〝どん底〟のなかから言葉をつかみとろうとする捨て身の意志が重なり合う。それこそが私小説なのだ。

「私」に見えてくるのは、底辺に生きる人間たちだ。戦後、長くパンパンをしていたという焼鳥屋の女主人。毎日、黙って臓物をアパートの部屋に運んでくる男。刺青の彫師と、どうやらその情人らしい、ぞくっとするように美しい女性（焼鳥屋の女主人は、

「私」に、彼女のことを秘密を明かすように「朝鮮やで」という)。さらに、他人の家をたらいまわしにされているらしい小学生の男の子。

　町に出ると「くすぼり」とか「権太《ごんた》くれ」と呼ばれるやくざな連中が昼間からごろごろしている。夜になると「辻姫」が町角に立つ。「温度のない町」は殺伐としている。

　時代設定は前述したように、昭和五十三年。バブル経済には少し間があるが、それでも日本の社会が異様に豊かになろうとしている時代である。額に汗して働く生産の時代から、軽やかな消費の時代へと社会の構造が大きく変りつつある。そんなときに車谷長吉は、あえて吹きだまりの町の〝どん底〟へと降りてゆく。

　町の様子、人間たちがあまりに異形なので、現代であって現代ではないような、どこか遠い世界の出来事のように思われてくる。私小説というより、寓話の雰囲気がある。基本的にはリアリズムの小説であるのに、異形の積み重ねによって、いつのまにかリアリズムを超えて幻想がまぎれこんでくる。ラテンアメリカ文学の特質は「魔術的リアリズム」にあるとよくいわれるが、この小説にも、それがある。

　車谷長吉は、意識的に、現代の日常生活では使われない言葉を多用する。「文字霊」「働き奴《ど》」「さかしらな頭」「辻姫さん」「冷え物」「一膳飯屋」「生霊《いきりよう》」「博奕のすさび」「おめこの虫」。

「娼婦」には「じごく」、「蛇」には「くちなわ」、「化粧」には「けわい」とルビがつけられる。「言った」ではなく「言うた」である。「セックス」は決まって「まぐわい」であり、女を抱きたいときは「腐れ金玉が勝手に歌を歌い出す」である。

こうした通常、見慣れない異形の言葉が多用されることによって、作品全体に神話的な雰囲気が生まれてくる。現代の物語なのに、古い昔の物語に思えてくる。だから、「むごい」「呪いに似た悲しみ」「じごく」「無慙《むざん》な喜び」「獰悪《どうあく》な目」「凄絶な声」「血みどろ」といった大仰な言葉が自然に思えてくる。それは「出屋敷」「大物《だいもつ》」「赤目」などの異様な地名と重なり合い、現実の物語を非在の物語へと変えてゆく。

悲痛哀切な恋愛小説である。「私」は、同じアパートに住む「朝鮮」の、絶世の美人「アヤちゃん」に心惹かれる。彼女の肉体を見ると「腐れ金玉が歌を歌い出す」。刺青の彫師の目を盗んで「まぐわう」。

その「アヤちゃん」が、兄の借金の肩代わりで、やくざに売り飛ばされることになる。ヤクを打たれ、客を取らされ、廃人になるかもしれない。「うちを連れて逃げてッ」という彼女の哀しい願いに突き動かされて、「私」は「アヤちゃん」と町を出る。近松浄瑠璃を思わせる道行、逃避行が始まる。

大阪の「連れ込みホテル」（車谷長吉は絶対に「ラブホテル」とは書かない）で、「迦《か》陵頻伽《りようびんが》」という人面鳥身の生き物の刺青を背中にした「アヤちゃん」と「私」が「烈しいまぐわい」をするところは、死とエロチシズムが刹那的に溶け合い、哀しみがあふれ出る。痛々しいばかりの「まぐわい」である。

一緒に逃げるといっても、二人は、はじめから住む世界が違う。「私」は、どんなに身をおとしたといってもしょせんは、インテリの他所者《よそもの》である。〝どん底〟に生きる人間たちの観察者でしかない。焼鳥屋の女主人は、はじめから「私」の落魄など本物ではないと見抜いている。落魄と落魄趣味は似て非なるものだ。

「私」は彼らに拒絶されている。男の子は「見たら、あかんッ」という。毎日、肉を運んで来る男は、ある日、突然、「ぶっ殺す」とすごむ。彫師は「嘘つけッ」と鋭くいう。「私」は、彼らから見れば、いい気な他所者でしかない。

「アヤちゃん」もそのことはわかっている。「生島さん、あなたここでは生きて行けへん人よ」。だから、最後、土壇場で彼女は「うち、あんたを殺すこと出来《でけ》へん」といって、「私」を振り切り、ひとり苦界に向から電車に飛び乗るのである。掃き溜めに生きる女の捨て身の強さであり、ぎりぎりの優しさである。

「私」が彼らと拮抗するためには、この彼らとの断絶を深く意識しながら生きていくしかない。最深部まで降りていって、彼らの生に対峙しうる言葉を見つけるしかない。車谷長吉の小説が、業のような悲しさに沈んでいるのはそのためだ。

（文芸評論家）

初出　「文學界」平成八年十一月号〜平成九年十月号
単行本　平成十年一月文藝春秋刊

文春文庫

赤《あか》目《め》四十八《しじゅうや》瀧《たき》心中《しんじゅう》未《み》遂《すい》

定価はカバーに表示してあります

2001年2月10日　第1刷
2023年11月15日　第22刷

著　者　車谷長吉《くるまたにちようきつ》
発行者　大沼貴之
発行所　株式会社 文藝春秋

東京都千代田区紀尾井町3-23　〒102-8008
TEL 03・3265・1211㈹
文藝春秋ホームページ　http://www.bunshun.co.jp

落丁、乱丁本は、お手数ですが小社製作部宛お送り下さい。送料小社負担でお取替致します。

印刷製本・TOPPAN

Printed in Japan
ISBN978-4-16-765401-6

（　）内は解説者。品切の節はご容赦下さい。

桐野夏生
夜の谷を行く
連合赤軍事件の山岳ベースで行われた仲間内でのリンチから脱走した西田啓子。服役後、人目を忍んで暮らしていたが、ある日突然、忘れていた過去が立ちはだかる。（大谷恭子）
き-19-21

木内　昇《のぼり》
茗荷谷の猫
茗荷谷の家で絵を描きあぐねる主婦。染井吉野を造った植木職人。画期的な黒焼を生み出さんとする若者。幕末から昭和にかけ各々の生を燃焼させた人々の痕跡を掬う名篇9作。（春日武彦）
き-33-1

車谷長吉
赤目四十八瀧心中未遂
「私」はアパートの一室でモツを串に刺し続けた。女の背中一面には迦陵頻伽の刺青があった。ある日、女は私の部屋の戸を開けた――。情念を描き切る話題の直木賞受賞作。（川本三郎）
く-19-1

熊谷達也
鮪立《しびたち》の海
三陸海岸の入り江にある港町「仙河海」。大正十四年にこの町に生まれた守一は、漁に一生をかけたいとカツオ船に乗り込んだ……。激動の時代を生き抜いた男の一代記。（土方正志）
く-29-6

窪　美澄
さよなら、ニルヴァーナ
少年犯罪の加害者、被害者の母、加害者を崇拝する少女、その運命の環の外に立つ女性作家……各々の人生が交錯した時、何を思い、何を見つけたのか。著者渾身の長編小説！（佐藤　優）
く-39-1

小池真理子
沈黙のひと
生き別れだった父が亡くなった。遺された日記には、父の心の叫び――娘への愛、後妻家族との相克、そして秘めたる恋が綴られていた。吉川英治文学賞受賞の傑作長編。（持田叙子）
こ-29-8

佐木隆三
復讐するは我にあり
改訂新版
列島を縦断しながら殺人や詐欺を重ね、高度成長に沸く日本を震撼させた稀代の知能犯・榎津巌。その逃避行と死刑執行までを描いた直木賞受賞作の、三十数年ぶりの改訂新版。（秋山　駿）
さ-4-17

（　）内は解説者。品切の節はご容赦下さい。

佐藤愛子
晩鐘（上下）
老作家のもとに、かつての夫の訃報が届く。共に文学を志した青春の日々、莫大な借金を抱えた歳月の悲喜劇。彼は結局、何者だったのか？　九十歳を迎えた佐藤愛子、畢生の傑作長篇。
さ-18-27

佐藤愛子
凪の光景
謹厳実直に生きていた丈太郎、72歳。突然、64歳の妻・信子が意識改革!?　高齢者の離婚、女性の自立、家族の崩壊という今日まで続く問題を鋭い筆致でユーモラスに描く傑作小説。
さ-18-33

桜木紫乃
風葬
釧路で書道教室を開く夏紀。認知症の母が言った謎の地名に導かれ、自らの出生の秘密を探る。しかしその先には、封印された過去が。桜木ノワールの原点ともいうべき作品ついに文庫化。
さ-56-2

最果タヒ
十代に共感する奴はみんな嘘つき
いじめや自殺が日常にありふれている世界で生きるカズハ。女子高生の恋愛・友情・家族の問題が濃密につまった二日間の出来事。カリスマ詩人が、新しい文体で瑞々しく描く傑作小説。
さ-72-1

城山三郎
鼠　鈴木商店焼打ち事件
大正年間、三井・三菱と並び称される栄華を誇った鈴木商店は、米騒動でなぜ焼打ちされたか？　流星のように現れ、昭和の恐慌に消えていった商社の盛衰と人々の運命。（澤地久枝）
し-2-32

柴田　翔
されど　われらが日々――
共産党の方針転換が発表された一九五五年の六全協を舞台に、出会い、別れ、闘争、裏切り、死など青春の悲しみを描き、六〇年、七〇年安保世代を熱狂させた青春文学の傑作。（大石　静）
し-4-3

澁澤龍彦
高丘親王航海記
幼時から父帝の寵姫薬子に天竺への夢を吹き込まれた高丘親王は、鳥の下半身をした女、犬頭人の国など、怪奇と幻想の世界を遍歴する。遺作となった読売文学賞受賞作。（高橋克彦）
し-21-7

（　）内は解説者。品切の節はご容赦下さい。

篠田節子
冬の光
四国遍路の帰路、冬の海に消えた父。家庭人として恵まれた人生ではなかったのか……足跡を辿る次女が見た最期の景色と人生の深遠が胸に迫る長編傑作。（八重樫克彦）
し-32-12

白石一文
草にすわる
五年間は何もしない。絶望は追ってくる――表題作ほか「花束」「砂の城」「大切な人へ」「七月の真っ青な空に」。一度倒れた人間が一歩を踏みだす瞬間を描く美しい五編。（瀧井朝世）
し-48-6

白石一文
見えないドアと鶴の空
妻の親友・由香里の出産に立ち会い、そこからきわどい関係を始めてしまった昂一。事実を知った妻は、ある意外な場所へ――ほんとうの人間関係の重さ、奇跡の意味を描くデビュー長編。

し-48-7

島本理生
真綿荘の住人たち
真綿荘に集う人々の恋はどれもままならない。性別も年も想いもばらばらだけど、一つ屋根の下。寄り添えなくても一緒にいたい――そんな奇妙で切なくて暖かい下宿物語。（瀧波ユカリ）
し-54-1

島本理生
夏の裁断
女性作家の前にあらわれた悪魔のような男。男に翻弄され、やがて破綻を迎えた彼女は、静養のために訪れた鎌倉で本を裁断していく。芥川賞候補となった話題作とその後の物語を収録。

し-54-2

柴崎友香
春の庭
第151回芥川賞受賞作「春の庭」に、書下ろし短篇1篇（「出かける準備」）、単行本未収録短篇2篇（「糸」「見えない」）を加えた小説集。柴崎友香ワールドをこの一冊に凝縮。（堀江敏幸）
し-62-1

嶋津　輝
駐車場のねこ
家政婦の姉とラブホテル受付の妹。職人気質のクリーニング店主と常識外れの女性客。何気ないやりとりがクセになる「オール讀物」新人賞受賞作を含む全七篇。（森　絵都）
し-69-1

（　）内は解説者。品切の節はご容赦下さい。

瀬尾まいこ
そして、バトンは渡された
幼少より大人の都合で何度も親が替わり、今は二十歳差の〝父〟と暮らす優子。だが家族皆から愛情を注がれた彼女が伴侶を持つとき――。心温まる本屋大賞受賞作。（上白石萌音）
せ-8-3

瀬尾まいこ
傑作はまだ
50歳の引きこもり作家のもとに、生まれてから一度も会ったことのない息子が現れた。血の繋がりしか接点のない二人の同居生活が始まる。明日への希望に満ちたハートフルストーリー。
せ-8-4

太宰　治
斜陽《しやよう》 人間失格《にんげんしつかく》 桜桃《おうとう》 走《はし》れメロス 外七篇
没落貴族の哀歓を描く「斜陽」、太宰文学の総決算「人間失格」、美しい友情の物語「走れメロス」など、日本が生んだ天才作家の代表作が一冊になった。詳しい傍注と年譜付き。（臼井吉見）
た-47-1

橘　玲《あきら》
ダブルマリッジ
商社マンの憲一の戸籍に、知らぬ間にフィリピン人女性の名が。これは重婚か？　彼女の狙いは？　やがて物語は悲恋へと変貌する。事実に基づく驚天動地のストーリー。（水谷竹秀）
た-77-3

滝口悠生
死んでいない者
大往生を遂げた男の通夜に集まった約三十人の一族。親族たちの記憶のつらなりから、永遠の時間が立ちあがる。高評価を得た芥川賞受賞作に加え、短篇「夜曲」を収録。（津村記久子）
た-101-1

高橋弘希
送り火
父の転勤で東京から津軽の町へ引っ越した少年が、暴力の果てに見たものは？　圧倒的破壊力をもつ芥川賞受賞作と、「あなたのなかの忘れた海」「湯治」の単行本未収録二篇。
た-104-1

髙見澤俊彦
音叉
THE ALFEE・高見沢俊彦の初小説！　70年代の東京を舞台に、バンドのプロデビューを控えた大学生たちの青春を恋と当時の洋楽を交えていきいきと描きだす。文庫用エッセイも収録。
た-106-1